喜歡本大爺的竟然就妳一個？ 8

orewo sukinanona
omaedake kayo

作者
駱駝
illustration
ブリキ

Kadokawa Fantastic Novels

「……入侵，大概成功。嘻嘻。」

「除了你以外，沒有人可以當我的王子。」
Anemone／牡丹一華
突然從體育館後面的樹上掉下來的自由奔放的女生。是個剛認識就會一腳踩進我內心世界的麻煩人物。綽號的由來是 Anemone 在日文中寫成漢字就是「牡丹一華」。她討厭別人叫她本名，我就幫她取了這個綽號。

「大家加油～～！」
「「「西木蔦～～！
小桑／大賀太陽
我的名字叫大賀太陽，通稱小桑。就讀私立西木蔦高中二年級，在棒球隊是受倚重的王牌。
(Anemone命名)
芝喵／芝達生
從國小就和我組成投捕搭檔，是西木蔦高中的主力捕手。

（Anemone命名）
棕熊學長／樋口葉一
與豪邁的屈木學長相反，以冷靜引領球隊，是西木蔦高中的主力游擊手。
（Anemone命名）
餅乾學長／屈木海土
領導西木蔦高中棒球隊的隊長，守備位置是右外野。
「戰鬥～～！」」」
（Anemone命名）
穴居／穴江遊馬
隊上的開心果，個性活潑輕浮。善用腳程快的優勢，守中外野位置。
蒲公英／蒲田公英
棒球隊的經理，一年級生。圖謀壞事失敗中。
「為、為神馬偶下場會這麼慘……沒力。」

「勸你最好別再跟那個女生扯上關係。」
我全身汗毛直豎。他口中的那個女生……我只想得到一個人。

「欸，太陽同學……跟你說喔……」
不知不覺間，我們已經面向彼此，四目相對。

contents

Kadokawa Fantastic Novels

8

orewo
sukinanoha
omaedake
kayo

喜歡本大爺的竟然就妳一個？

作者
駱駝
illustration
ブリキ

牡丹一華這名少女，非常符合冰清玉潔這個形容。

她個性正經八百，甚至不曾做過任何一點惡作劇。

成績始終在全校名列前茅……不，根本就是第一名。模擬考也足以和全國強者抗衡，總成績還曾一度榮登全國第一名……現在這年頭，這樣的人比偶像明星還稀有。

這樣的她，在學校很受歡迎。老師們對她全面信任，還說「有牡丹在就不要緊」，弄得好像她本身就成了一種免死金牌。

想來她運氣也不錯。有著太突出的能力，往往會淪為嫉妒或眼紅的對象，但所幸她周遭沒有這樣的人。

當然，這也是多虧她那不會誇耀自己功勞的正經八百好個性，以及良好的溝通能力……總之她在交友關係上也是得天獨厚。

其他私生活也一樣。

家庭成員有父親、母親，加上一個差一歲的哥哥。父親的職業是如實體現出他嚴格個性的警察，母親則是教師。母親擔任教師，是在哥哥與牡丹一華兩兄妹都到了不再那麼需要照顧的年齡……也就是上了高中之後，在這之前則是擔任家庭主婦。

而哥哥的才能是在運動領域開花結果，對優秀的妹妹並未抱持自卑感，反而很溺愛她。

真要說牡丹一華有什麼煩惱，大概就只有這個對她保護過度的哥哥了。由於哥哥隨時都是一副「除非是我肯定的對象，否則我不接受妳和任何人交往」的態度，睜亮了眼睛盯著，讓她別說是男女朋友關係，連和男性朋友出去玩的經驗都不曾有過。

她得不到對異性產生興趣的機會，原因無疑就出在這個哥哥身上。

——就像這樣，也因為她的成長過程中都受到嚴格的父親、正經八百的母親，以及保護過度的兄長當成掌上明珠呵護，這名少女儘管在戀愛方面還很不成熟，仍然過著人人稱羨的充實人生……這就是，牡丹一華。

而當我認識牡丹一華時，她——已經失去了這一切……

為免誤會，我再說一次。

她真的失去了「一切的一切」……

穿得鬆垮垮的公主

我的名字叫大賀太陽，通稱小桑。

把我的名字「太陽」翻成英文就是「SUN」，所以就是「小桑」。很單純吧？

我是就讀私立西木蔦高中的二年級生，參加棒球隊。

學業成績方面實在沒什麼好話可以說，但在運動方面我還真有點自信。

畢竟我在棒球隊可是王牌球員。

「好了……那就開始吧。」

這樣的我到了暑假某一天，在蟬鳴很吵的晴空下，為了辦一件事，揹著棒球裝備袋來到體育館後方。

順便說一下，我指的不是高中生常有的那些談情說愛的事，不巧我沒有這樣的對象。說來遺憾，我並未和任何人組成私人的投捕搭檔。

那麼，為什麼我會獨自來到這樣的地方呢……答案是為了許願。

我們學校的體育館後面有一棵人稱「成就（Naritsuki）」的大楓樹。

這個通稱的由來，是把願望「成就」的讀音從音讀「JyouJyu」換成把兩個漢字拆開來訓讀的「Naritsuki」。樹齡大約三百年，從西木蔦高中創校之前就已經存在，據說只要對這棵樹說出由衷的心願，樹就會幫忙實現一次……嗯，就是這種感覺每一間學校都會有的，有點傳奇的樹。

然後呢，平常我的信條就是絕不做許願這種事，認為自己的願望要靠自己的力量實現，可是最近有一件事……我說什麼就是沒辦法順利辦到。

所以，當我被逼急了，也就很乾脆地放棄自己的信條，想說乾脆求神拜佛看看，於是趁社團活動休息時間的空檔來找這棵體育館後頭的成就樹。

「呃～～應該得先行禮吧。」

雖然不是在神社的土地上，但再怎麼說也是向某種神明許願，所以我想說該有日本人的樣子，用二拜二拍手一拜的規矩來拜，於是先來個九十度鞠躬，抬起頭後，再度九十度鞠躬朝成就樹禮拜，然後抬起頭，接著正要拍手兩次，結果……

「哇，哇哇哇……啊……入侵，大概成功。嘻嘻。」

「……啥？」

突然有個女生從成就樹上掉了下來。

「我真有一套，竟然這麼完美地溜進來。就說我上輩子一定是忍者──開玩笑的。」

眼前已知的事情就是這個從樹上掉下來的女生，絕對不是因為我照規矩對成就樹朝拜才出現的神明使者。再來就是，她是懷有某種圖謀溜進西木蔦高中，然後還自稱上輩子是木葉隱村的忍者。

「真是的，這麼美麗的少女都好聲好氣拜託讓我進去一下就好，竟然還說不行，這年頭真是不好混……不過，我可不是會因為這點小挫折就氣餒的柔弱女子。既然正面突破行不通，我就來個斜面突破。」

她著地時背對著我，所以尚未發現我。

既然是忍者，我看最好還是不要只注意正面跟斜面，對背面也要留意吧？斜面這個詞在日語裡面根本不是指方向，這點就先不說了。

「啊～～好礙事……好，這樣就ＯＫ了。」

她有點粗暴地拍掉留在頭髮和衣服上的枝葉。

口氣也好，行動也罷，感覺就像「自由奔放」這句話成了個活生生的女孩子。

「好了好了，那麼既然入侵成功，馬上就來——」

「妳打算做什麼？」

既然看到有人非法入侵本校，我就不能視而不見，而且我也想讓她知道我在場，就試著叫了她一聲。

「……咦？哇！哇哇！……你是！你、你在這種地方做什麼？」

「這是我的台詞吧？」

「的、的確……」

少女轉過頭來，搖動顯得很柔軟的長睫毛，承認我說得對。

她穿著便服，白色的T恤搭配牛仔吊帶裙。至於年齡，看起來跟我差不多啊。髮型是留到胸前的長直髮，一部分用紫色髮飾在側邊綁了小小的翹馬尾。白嫩的皮膚透出一種纖細，但言行無比豪邁，讓人覺得有點不搭調。是不是美麗的少女就姑且不提……嗯，是個可愛的女生。

「看妳穿這樣，應該不是我們學校的學生吧？」

「這也未必吧？也有學生穿成這樣啊。啊哈，啊哈哈哈……」

她大概不擅長說謊吧，光是慌慌張張搖手想蒙混過關就已經再明白不過。

「哦～～那我們學校叫什麼名字？」

「呃～～……西、西木……西木鷹高中。」

「很遺憾。正確答案是西木『蔦』高中。」

她多半是在校門口看到校名……看到「西木蔦」三個字，但很遺憾，上面沒有標讀音。雖然是某知名書店的名稱，但畢竟沒標注音，不知情的人很容易唸錯。

「這點差錯還在容許範圍內。我如假包換是這間學校的學——」

「真是的！到底跑哪去了！竟然想溜進我們學校，真是好大的膽子！」

說巧不巧，就在這個時候，我們學校的體育老師庄本老師——通稱「猩猩」——在大喊。

他一臉猴子樣，加上手臂特別長，體毛又濃密，所以學生們稱他為紅毛猩猩，簡稱猩猩。當事人自己大概不知情就是了。
「哇，我得躲起來。呃……呃……這裡！」
自稱如假包換就讀本校的學生急急忙忙躲到成就樹後頭。
然後過了十秒鐘左右……
「照理說應該就在這附近……喔喔！這不是大賀嗎！」
「啊，老師好！」
猩猩左右揮動著手臂，踩著沉重的腳步走過來。他的綽號也未免把他整個人體現得太徹底了。
「你有沒有看到一個穿便服的女生？我剛剛看到她翻牆沿著這附近的樹溜進來……」
「是怎樣的女生？」
「頭髮滿長的，有一部分往旁邊綁。穿著白色T恤，還有，就是那個……牛仔褲改成裙子，還像圍裙一樣往上多出一大塊的那種！」
猩猩似乎一時講不出吊帶裙這個字眼，比手劃腳地解釋。這又讓我覺得好有意思。
「她突然跑來，說想參觀我們學校，我就跟她說『現在正是關鍵時期，所以不行』，好幾次想趕她走，但她就是不聽……」
猩猩右手搔頭，左手搔下巴……等等，這是……！
「……噗。好像猴子……」

笨蛋！沒事別出聲！虧我還忍著不笑！

「嗯？剛剛好像聽到女生說話的聲音……」

不妙！猩猩開始湊過來想查看我背後的成就樹……

「啊……啊～～！沒有啦～～！我在這附近都沒看到！這裡只有我一個人！真的，完全！完全沒有別人在！」

我趕緊擋住猩猩的行進路線與視線，一口氣說了一大串。

不妙，這樣反而很可疑。也許已經被看穿了……

「是、是嗎？……唔，知道了！」

安全上壘。看來是勉強蒙混過關了。真是驚險的上壘啊。

「如果你看到她，要馬上跟我報告啊。因為也可能是對手學校的學生跑來偵察本校的棒球隊啊！」

「好的！我明白了！」

「還有，練球要加油！我……不，全校師生都支持你們！今年夏天的主角肯定就是你們！讓大賀太陽這個名字轟動全國吧！」

「謝謝老師！」

「哈哈哈哈！竟然這麼有禮貌地行禮，大賀你真是個像樣的好學生！」

因為我同時也是在為說謊以及忍不住嘲笑你這件事致歉。

……嗯，看來是勉強應付過去了。

「他已經……走了嗎？」

等猩猩漸漸走遠，躲在成就樹後面的少女就探出頭來。

「嗯……不過猩猩他挺難纏的，大概會一直巡到找到為止。」

「嗚噁～～這可傷腦筋了耶～～我有事來這間學校辦……」

「是喔～～是什麼樣的事啊，頭髮滿長的，有一部分往旁邊綁，穿著白色T恤，牛仔褲改成裙子還像圍裙一樣往上多出一大塊，如假包換的本校學生？」

「……這叫吊帶裙啦。」

少女用兩隻拇指拉起掛在肩上的吊帶，這樣主張。

「叫連身裙大概也說得通吧。還有，我要請妳別扯開話題。」

「……你很壞心眼耶。」

怨懟的視線射了過來。

「我還希望妳對我好心窩藏妳的志氣給予肯定呢。」

「身為我的王子，這是當然要做的吧？」

看來在不知不覺間，我已經被她認定為王子了。王子穿著這種滿身泥巴的棒球球衣，這模樣和王子本來的形象不會差太遠嗎？

「勸妳還是不要找身上這麼髒的王子。」

我拉了拉自己的球衣外套，強調上面沾到的塵土。

「就是這樣才好。看你穿這樣……你是棒球隊的人吧？那這實實在在就是命中注定。除了你以外，沒有人可以當我的王子。所以，這件事已經定案。You are prince。」

「此話當真，Princess？」

「Yes, I am princess……嘻嘻。」

少女以慧黠的表情笑得有些自豪。從她的角度來看，我這身穿著似乎反而是身為王子的必要條件。她的基準讓我搞不太懂。

「所以，妳為什麼溜進我們學校？」

「……我想想。我碰巧從這間學校前面路過，結果就聽到很熱鬧的聲音。我想說到底怎麼回事，湊過來一看，發現棒球隊在練習。然後我就覺得這下當然非看個清楚不可，所以就Let's衝鋒了。」

聽來她似乎有事找我們學校的棒球隊。

「熱鬧的聲音，是嗎？」

的確，我們學校因為某些因素，現在除了棒球隊隊員，還有許多學生跑來參觀練球，算是處在某種慶典狀態……話說回來，聽到熱鬧的聲音就展開衝鋒，這公主的個性也太橫衝直撞了。

「然後當我想進來，就在校門口被剛剛那個人攔住了。」

「啊啊，算妳來得不巧。如果是去年大概就不要緊，但是今年管很嚴。」

這當中的情形，我們學校的學生……尤其棒球隊隊員都非常清楚，但她這個外校學生多半不知道。

「所以我靈光一閃，想到既然如此就偷溜進去。怎麼樣？聰明吧？」

不聰明。我覺得妳應該多摸索其他辦法。

「然後，就引發了現在這場命中注定的邂逅。」

明明只是湊巧，根本沒有什麼東西需要講出什麼命中注定這麼誇張的說法。

「不過，妳穿這樣會很醒目，我看馬上就會被找到，然後被攆出去吧。」

「不用擔心，我都想好對策了。」

「什麼樣的對策？」

「嘻嘻。這個嘛……」

總覺得她嘴角上揚，用慧黠的表情看著我。這是怎麼啦？

而且還雙手朝我伸了出來啊。

「體育服，借我穿～～」

「體育服？」

「嗯。本來是制服最理想，但你是男生啊，所以改跟你借體育服。你想想，就算不是穿制服，只要穿著這間學校的體育服就肯定不會讓人懷疑了。」

「我和妳的尺寸應該差很多吧？」
「不用擔心。公主穿什麼禮服都會好看。」
「……妳考慮過我沒帶體育服的可能性嗎？」
「哪有可能？做王子的不管什麼時候都要做好拯救公主的萬全準備啊……啊，不過，如果你沒帶，就去找認識的女生借來給我啦。」
「這事搞下來肯定會害我被當成變態吧……」
「那麼，題目來了。如果你不想被當成變態，該怎麼辦才好呢？」
就我現在的狀況而言，答案有兩個。
一是不把體育服借給這名少女，就這麼離開。另一個則是……
「……這樣可以嗎？」
就是從揹在肩上的棒球裝備袋拿出少女想要的東西交給她。
我刻意擺出不當一回事的態度，其實心臟怦怦跳。
把自己的衣服借給女生可是我這輩子第一次的經驗呢……還好有先洗乾淨。
「我就說嘛，你果然有帶。」
妳為什麼這麼自信滿滿？
「唔……這就是男生的氣味啊？」
「喂、喂，別這樣，這套可是有好好洗乾淨的……」

不要突然聞起味道來好不好？好歹也替被聞的我著想一下。

「也對，感覺會溫柔地擁抱我。」

「妳在說什麼啊……」

我可是第一次聽說有這一類的香氣，受不了……

「那麼，我要換衣服，可以拜託你把風嗎？」

「啥？妳要在這裡換喔？」

「那當然。事不宜遲嘛……啊，想看我換衣服嗎？」

「免了。」

我答話的同時，轉身朝向反方向。

我是想看，但總覺得光明正大地看也不太對。男人心就是這麼複雜。

「真不愧是我的王子，好紳士喔。」

隨著這句話一起從背後傳來的的衣物摩擦聲被吵鬧的蟬鳴聲掩沒。平常我嫌吵，但只有現在，我該感謝這些蟬。

「久等了～～已經～～好了～～」

妳當是玩捉迷藏嗎？不過也好，既然她都准了，就轉回去吧。

唔哇……真的有女生穿著我的體育服耶……

「鏘鏘！公主這件禮服如何呀？」

還真給我冒出了穿著這種鬆垮禮服的公主啊。
「我看看。看來只有兩種可能，要嘛是舞會的主角，再不然就是我們學校的學生。」
「太棒啦。這樣一來，我也成了不折不扣的西木鷹高中學生了。」
「是西木『蔦』。」
「哎呀，這可失禮了。」
她嘴上這麼說，但內心應該一點也沒在反省吧。
而她迅速伸出舌頭又縮回的模樣，似乎兼有天真與性感。
「啊，對了，你都好心借我體育服了，我得自我介紹才行。」
要不要自我介紹的基準是借體育服，這也是我第一次的經驗。
「我是……牡丹一華。漢字是花種的『牡丹』，數字的『一』，還有寫起來比較帥氣的那個『華』，牡丹一華。高中二年級。」（註：「花」與「華」日文都唸作hana）
比較帥氣的那個「華」……哎，我是懂她想說的意思啦。是說……
「牡丹？妳這姓……」
「嗯～～怎麼啦？怎麼用這麼嚴肅的表情看著我？」
「沒有，沒事。」
怎麼可能？再怎麼說都沒這麼巧吧。
「該不會是對我一見鍾——」

「萬萬不是。」

「哼～～這樣多無聊？算了，沒關係。請多關照了……太陽同學。」

「咦？妳怎麼知道我的名字……」

「公主怎麼可能不知道王子叫什麼名字呢？我一直想著你到今天——」

「是因為剛才猩猩大聲喊出我的全名吧？」

「你好沒情調耶。」

今天才剛認識的女生其實一直對我懷有淡淡的相思？哪有這麼好的事情。

「不巧我過去的人生當中有過很多期待落空的經驗，所以一向不會懷抱多餘的希望。」

「是喔～～……我一直想著太陽同學，對你來說是滿懷希望的事啊？太棒了。」

「……囉唆。」

只要我一個不小心，她就會大剌剌地踏進來……實在棘手。

「總之……請多關照啦，牡丹。」

「……嗚、唔……」

怎麼她好像表情很苦澀。

「妳擺這種表情幹嘛？」

我應該沒說什麼奇怪的話。

「啊～～……呃，我啊，不太想被人用姓氏稱呼。」

「那麼，叫妳的名字就可以？」

我這麼一反問，她就用力搖頭。

「名字我更討厭。」

「啥？」

她的表情和剛才胡鬧的調調不一樣，硬是十分嚴肅。雖然不知道理由，但看來無論是被人用姓氏稱呼還是用名字稱呼，她都不喜歡。

「那麼，我要怎麼叫妳？」

「我想想。嗯～～…………啊，我有靈感了。」

她雙手「啪」的一拍，以格外活潑的眼神看向我。

「就由太陽同學幫我取名字，取個能把我變成我的名字。」

「妳在說什麼啊……」

她說的話好奇怪。很正常地說要我幫她取綽號不就好了？

「來，快點快點，公主在等你呢。」

「好啦。」

……該怎麼辦呢？她姓牡丹，就叫她小丹？……這不是該幫女生取的綽號啊。

而且不管是被人用姓氏還是名字稱呼，她都不喜歡，所以讓人聯想起姓名的綽號大概也不妥當吧。可是，我們認識的時間還這麼短，要想出一個完全無視這些的綽號實在有困難。

既然這樣……

「……牡丹一華（Anemone）。」

「Anemone？」

「對。別看我這樣，我對花的名稱還挺熟的。Anemone 寫成漢字就是『牡丹一華』，不就和妳的名字一樣嗎？所以，妳就叫 Anemone……怎麼樣？」

「Anemone……Anemone……嗯，Anemone 啊……不錯耶，感覺很女生，很可愛。好，從今天起我就是 Anemone。謝謝你幫我取了個美妙的名字，太陽同學！」

豁達而燦爛的笑容。

還好她喜歡。

「我在學校裡也有個綽號叫『小桑』……」

「如果你討厭別人叫你的姓氏，或是別人都叫你『太陽同學』，我就要用我專屬又充滿原創性的綽號叫你，你說呢？」

我莫名預見了被取個糟糕綽號的未來。

「麻煩叫我『太陽同學』。沒人這麼叫我，所以這可是 Anemone 原創的。」

「太棒了。那就確定叫你太陽同學了。」

為什麼要這麼堅持自己原創？是青春期特有的什麼傾向嗎？

「嘖！找不到！跑哪兒去了！還是把這一帶再仔細找過一遍……」

猩猩還沒死心啊？這執念好可怕……

「哇、哇哇哇，得趕快跑掉才行。那等你練完球，我們再回這邊見面了，太陽同學。」

「啥？等我練完球……啊，喂！」

她擅自約好，開開心心地跑掉了。

也好，不再見一面就沒辦法討回體育服，也還算妥當吧。

而且這可搞砸了。發生太多事情讓我忘記我本來是來許願的。

……只是總覺得興致都沒了。今天就算了吧。

「……回運動場吧？」

我朝成就樹看了一會兒後，搔了搔後腦杓，回到有棒球隊隊員等著我的運動場。

☀

剛才在體育館後面發生意料之外的邂逅，讓我忍不住露出馬腳，現在要重新來過。

接下來我要收起剛剛的自己，轉而扮演「小桑」。

「小桑，你回來啦？事情辦完了嗎？」

「當然！不好意思啊！讓大家等我！」

我的態度明顯比剛才在體育館後面時興奮。

這就是我在學校裡走的路線。而我會這麼做當然有理由。

坦白說，我國小時就曾因為個性內向，在交友關係方面碰上讓我損失慘重的麻煩……當時為了解決麻煩，我採取的手段就是「這個」。

我不管三七二十一地扮演一個活潑開朗的傢伙，試圖爭取周遭人們的信任。

而這個計畫非常成功。一切都按照我的圖謀進行，我得到了周遭的信任，有了好朋友與好隊友……但代價就是我再也不能退縮。

因此，我到現在還在貫徹這個路線。

話說回來，我可不覺得有什麼不方便啊。說來可能有點難聽，但我認為依對象不同而改變態度是理所當然的事。

和朋友一起時，和家人一起時，和老師一起時，和情人一起時……最後一個我還沒經歷過，但總之每一種時候態度都有微妙的不同，這不是理所當然嗎？

我和棒球隊的隊友在一起的時候都會採取這樣的態度，就只是這樣。

帶領開朗活潑的隊員們前進的球隊王牌選手……雖然其實是個相當膽小，會在意旁人怎麼看自己的窩囊小子就是了。

幾乎沒人知道這真正的我，但我倒也不覺得寂寞。

該怎麼說，我會覺得人本來就是這樣的生物。每個人都在扮演一個「理想」的自己，然後慢慢從「假貨」變成「真貨」。坦然把自己的一切原原本本展露出來的人，相信還比較少吧。

人活在世上或多或少都有在說謊。

「對了，你說要辦的事是什麼事啊？」

「沒什麼啦，就是一點不方便跟別人說的事情！真的沒什麼大不了，別放在心上！」

「是嗎？」

當我回到運動場就找我說話的是從國小就一起打棒球的搭檔，背號三號的捕手芝。他身高一七五公分，比一八〇公分的我矮了點，可是體格壯碩。他不但接球技術一流，最近在打擊方面的實力也迅速竄升，甚至有人說從下一場比賽，第四棒的重任可能就會交到他身上。

伙伴成長固然令人高興，但現在的第四棒是我，這個寶座被搶走可就讓我五味雜陳。

「話說回來，來參觀的人好多喔！我都要有點緊張了！」

「比起比賽當天，這根本沒什麼吧？」

我們棒球隊正大受矚目，像現在就有許多學生跑來參觀我們練習。

之所以會這樣，理由非常簡單。因為我們西木蔦高中棒球隊在日前舉辦的地區大賽決賽中漂亮地贏得勝利，打進了甲子園。

這創校以來的壯舉，讓我們學校的氣氛熱到最高點。

造成的影響之一就像這樣體現在這運動場上。

「話是這麼說沒錯，但是像這樣練球被人看著，和比賽被看的感覺就是不太一樣吧？」

「的確……嗯，有道理。」

而且打進甲子園同時也是 Anemone 沒能獲准參觀棒球隊的理由。

光是學生就已經有太多人跑來參觀，要是連無關的人士都歡迎，事情就會鬧得不可收拾。再加上雖然我們自己不在意，但第一次打進甲子園讓校方……一群老大不小的大人沖昏了頭，產生高度的憂患意識：「也許會有外校的人跑來偵察！」結果就是除了本校的學生與相關人士以外，全都禁止進入。

唯一的例外，就是棒球業界與大眾傳媒方面的人士……聽說是這樣，但遺憾的是從不曾看過有這樣的人來。也是啦，畢竟我們是第一次出賽的高中。

也就是說，即使在地區預賽層級大受矚目，在全國層級終究還差得遠。

「喂，小桑！你剛剛一個人偷偷摸摸地跑哪兒去啦？是跑到哪裡了啦！……嗶咚！嗶咚！……啊！我的正妹雷達有反應！這就表示……你在跟女生幽會是吧！太詐了！太讓人羨慕啦！」

這個興奮地跑來和我與芝聊天的大嗓門，是和我們同年級，背號一號的中外野手穴江。

就如各位所見，他個性痞痞的，有種不同於我的活潑。他似乎滿心想要有個女朋友，但或許是因為個性問題，很容易變成在搞笑，遲遲未能實現這個願望。

「哈哈！很遺憾，不是幽會啊，穴江！是有點不足為外人道的事情！」

「什麼嘛！別嚇我好不好～～！」

其實我的確是見了個女生沒錯，但覺得這件事一旦被他們知道就會很麻煩，所以還是別說吧。

我可沒說謊喔，就只是稍稍隱瞞了真相而已。

「可是，說得也是啊！我在地區大賽的決賽上有那種超絕大活躍，小桑怎麼可能領先我，交到女朋——」

「只是靠觸身球上壘的傢伙，和投完全場無失分的投手，怎麼想都是後者比較受女生歡迎吧？」

「唔！樋口學長……對我稍微手下留情又不會怎樣……」

比穴江晚一步來到我們這邊的是三年級生，背號一號，擔任游擊手的樋口學長。他是我們棒球隊裡比任何人都冷靜……也更嚴格的學長。

練球時的失誤就不用說了，只要有人在社團活動時態度稍有不正經，就會被他毫不留情地訓話。相信整個棒球隊裡，沒有哪個人不曾被樋口學長罵過吧。

而樋口學長對從國中時代就和他一起打棒球的穴江又格外嚴格，即使在休息時間也會像這樣對他說出辛辣的話。

「對你手下留情，也只會讓你得寸進尺吧？我這個人一向奉行不白費力氣主義。」

「樋口學長！不試試看怎麼知道是不是白費力氣呢！」

「那麼，如果我試了以後發現是白費力氣，就要有人付出代價……這樣可以吧？」

「不要啦！不用做也知道的事情，也不用勉強去做啊！」

穴江還是老樣子，對樋口學長很沒轍啊……

啊，為避免誤會，我補充說明一下，樋口學長雖然嚴格，但學弟們並不討厭他。反而大多數人都很依賴他，甚至有人會找他商量棒球以外的事情。

而且，他也有挺有趣的一面。畢竟樋口學長嚴格歸嚴格……

「——嘴上對穴江這麼說，卻想著要吸引來參觀的女生，偷偷噴了香水耍時髦，這就是為什麼我們說樋口是個悶聲大色狼的原因啦！」

就是這麼回事。樋口學長看似拘謹，其實並不是這樣。

我想他對「那檔子事」興味盎然的程度，在我們棒球隊裡大概僅次於穴江。

「屈、屈木！你不要多嘴……」

「我倒是覺得反正練球就會流汗蓋過去，沒什麼意義就是啦！哈哈哈！」

這個即使被樋口學長以怨懟的視線看著，仍然全不放在心上，豪邁大笑的人物，是我們西木蔦高中棒球隊隊長，背號五號的右外野手屈木學長。他身高一九五公分，在我們整個棒球隊裡是最高的一個，鍛鍊精實的身體相當有威嚴。

有時候我會覺得個性也好，外貌也罷，「隊長」這個字眼簡直就是為了這個人而存在。

「啊～～！果然是這樣啊，屈木學長！我剛剛就覺得樋口學長身上有種和平常不一樣的，像是便宜線香的氣味！」

穴江，我覺得你因為平常都講輸，找到機會就得寸進尺，可是很危險的啊……

「你說這是……便宜的線香？」
果然。樋口學長用很嚇人的眼神瞪著穴江。
「咿！屈木學長，救命！」
像你這樣被學長瞪一眼就會膽戰心驚地躲到隊長背後，我看要交到女朋友大概還早得很
啊……加油，穴江。
「哈哈哈！樋口，算了啦！畢竟一旦讓主力選手受傷可就傷腦筋啦！」
「……嘖，穴江，算你走運。」
「咿～～！好險～～！」
當然還有其他隊員啦，不過這就是我們西木蔦高中棒球隊。
有各式各樣個性派的傢伙，這樣的隊員們齊心協力，把目標放在贏得甲子園的冠軍。
「對了，屈木學長，你覺得實際上……我們在甲子園奪冠的可能性大概有多少？」
不知不覺間，我們五個圍成一圈休息，穴江對屈木學長問起。
「唔……我想想，雖然也要實際打打看才知道，不過我們可是打敗了去年夏天甲子園打進準決賽的名校唐菖蒲高中，贏得了甲子園的門票！我想，至少不會是零吧！」
我也同意屈木學長的話。儘管比分非常接近，我們在今年地區大賽的決賽上就是打敗了甲子園常客唐菖蒲高中，得到出場的機會。

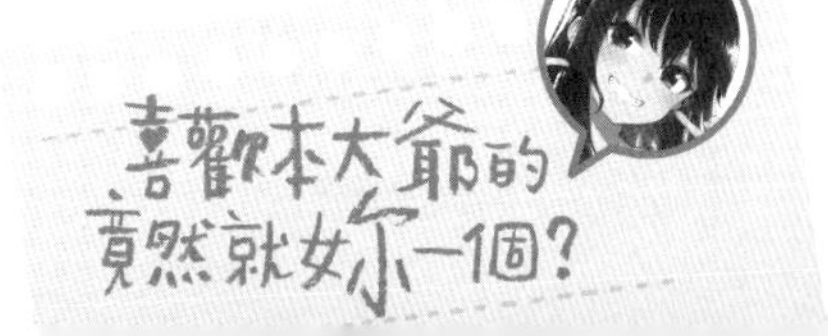

所以，的確可以斷言奪冠的可能性不是零，只是……

「可是，屈木學長，桑佛高中也會在甲子園出賽吧……」

「……唔，這……是這樣沒錯啦……」

芝的這句話讓我們四個人的表情黯淡得任誰都看得出來。

沒錯，就是這樣……若說我們擊敗的唐菖蒲高中是名校，那麼桑佛高中就是超級名校。

他們是一間怪物學校，在去年夏天與今年春天的甲子園都奪得冠軍，在今年夏天的甲子園也理所當然地出線。若要問哪裡最值得談論，最適切的答案就是全部，他們就是一個水準這麼高的球隊。尤其背號四號擔任游擊手的人更被譽為跑、攻、守三項全能的完美球員。

現在決定甲子園對戰組合的抽籤尚未進行，除此之外當然也有其他……應該說所有出場的學校都必須小心提防，這些我們都知道，但還是會忍不住把注意力放在桑佛高中，大概是因為他們就是這麼有實力吧。

「不知道我和小桑能不能壓制住他……」

「芝，就叫你不要露出那麼不安的表情了！你應該多點自信！你想想，你和小桑不是打敗了唐菖蒲高中的特正，讓我們打進甲子園嗎！你們打敗了被譽為高中棒球界最強打者的那個特正北風耶！」

「穴江，特正和那個打者類型不一樣。特正是個想多打全壘打的大砲型打者，可是，桑佛高中的四號不是。他是個不管什麼時候都會確實打出安打的安打製造機。拿整個高中的總成績來看也一樣，特正的全壘打數比較多，但打擊率和打點都是那個打者占優。」

樋口學長說得沒錯。雖然也要看情形，但桑佛高中的四號打者從某個角度來說比特正還棘手。特正北風這個人就是想打全壘打，所以這當中就有可乘之機。

然而，桑佛高中的四號打者沒有這種情形。他的高中總打擊率是0.493……比起高中時代的鈴木一朗是稍有不及，但仍然夠嚇人了。

說來沒出息，但現在的我……沒有自信能壓制住他。

「「「「……………」」」」

不妙啊。我固然不例外，然而我們之間開始散發出一種沉重的氣氛。

這實在不是一種想為了在甲子園打出好成績而加強練習的氣氛啊。

「啊～～！大家不要一張苦瓜臉啊！芝！小心是好事，可是不能變得太負面啊！小桑也是！你平常的活力到哪去啦！」

「嗯、嗯……不好意思，穴江。」

「就是啊！不用擔心！不管來的是什麼樣的對手，我都會穩穩壓制住！」

多虧你啦，穴江。在這種時候，你立刻營造出開朗氣氛的手腕的確有一套。

「我就說吧？而且根本沒什麼好擔心的啦！就算小桑被打出安打，後面也還有我們啊！我們會展現銅牆鐵壁的守備！」

「說得沒錯。小桑，被敲個幾支安打也無所謂啦。這樣一來，我就可以做出精彩動作，把受正妹歡迎的機會跟球一起牢牢接住。」
「啊！樋口學長，你這樣太賊了！那是我的台詞吧！」
「偶爾換我說一下有什麼關係嘛。」
「哈哈哈！的確，還沒比賽就想著輸球，這可沒意思到極點啦！……好！也差不多休息完了，我們就開始為了奪冠來練習吧！」
沒錯，光想也改變不了任何事物。要贏得勝利，最單純的手段就是變強。
既然這樣，我們也只能繼續練習。
「接下來是打擊練習！校方為了祝賀我們打進甲子園，送了我們幾台投球機！我們就用這些器材練出不輸給桑佛高中的打擊力吧！」
「「「好！」」」
屈木學長一聲令下，我們各自再度開始了練習。

☀

「……呼～～我就休息一下吧……你可以用了！」
「好的！謝謝學長！」
開始打擊練習約三十分鐘後，我先休息一下，把投球機讓給在別處練習揮空棒的一年級生，自己坐到地上。

結果芝似乎也正好開始休息，來到我身旁。

「說真的……你怎麼想？」

芝的聲調有點神祕。光是這態度就讓我立刻猜出他想問什麼。

「坦白說，憑現在的實力應該很難。別說桑佛高中，連其他對手也未必打得贏……」

「果然是這樣啊……」

聽到我這麼說，芝的話裡有著掩飾不住的失落。我明白他並不是對我失望，就只是純粹覺得懊惱，懊惱我們的實力不夠。

「可是……我說的只是『憑現在的實力』啊！」

「你的意思該不會是說，還要練更多？可是，已經幾乎沒剩下多少時間——」

「我覺得只要『那個球路』完成，就會有勝機！」

那就是我在地區大賽的決賽中只投了一球，壓制住了特正北風的球。

但那終究還是未完成的球路，只投得出最低限度的程度。

就是因為我在決賽中一直隱瞞到最後，才能攻其不備而擊敗特正，但這招已經行不通了。

那可是名校唐菖蒲高中敗戰的比賽。對上我們的對手，打者不可能不去研究那場比賽。也就是說，我會投那種球的消息早已人盡皆知。

既然無法以出其不意的方式使用，那麼憑現在的水準，在甲子園大概不會管用。

可是，只要練到能夠投出完美的變化球……就一定會管用。

「……那麼，進展如何？」

芝的眼中亮起少許光芒。這大概是因為對我的回答有所期望吧。

「……不好意思，遇到瓶頸。完全沒進展。」

「是嗎？」

但他的眼神再度遺憾地回到黯淡無光。

沒錯……到頭來，都是假設。投得出來就打得贏，可是，投不出來所以打不贏。正因如此，我才會去向成就樹許願。

可是，我也很清楚這世界沒這麼好混，不是許個願就可以得到成果，所以……

「我說啊，芝，明天沒有社團活動，你有什麼事情嗎？」

「不好意思，已經有事了……排得滿滿都是跟某人練投球。」

「那太遺憾啦！聽你這麼一說我才想起，我也排得滿滿都是跟某人練接球啊！」

說著我和芝相視而笑，互碰了一下拳頭。

還沒說出事情對方就先猜到，這樣實在很令人高興。

……其實我本來跟朋友約好了要一起去玩，不過這就取消吧。

「來了～～！大賀學長、芝學長！這是你們兩位的運動飲料～～！」

「喔！謝啦，蒲公英！」

「謝了，蒲公英。」

在我正好和芝聊到一個段落時跑來的，是個比我們低一年級，擔任球隊經理的一年級女生……蒲田公英。她的綽號「蒲公英」的由來，是從她的全名中去掉「田」字，就會變成「蒲公英」。

她是個身材嬌小，留著鮑伯頭的少女，外表十分可愛，可是……

「唔哼哼哼！我努力地拿了運動飲料來！這樣一來，大賀學長和芝學長也無法不對我心動！啊～～！可愛真是一種罪孽啊……」

她的個性就有點……不，是相當有問題，所以實在不太能覺得她可愛。

不過她很認真地參加社團活動，又是隊上唯一的經理，我也會過意不去，覺得大概帶給她太大的負擔了，只是她的個性實在令人不敢領教～

雖然人是不壞啦……

「那請問大賀學長！狀況怎麼樣呢？」

「還不錯啊！只是，也有些地方陷入瓶頸，所以我希望能想個辦法解決！」

「喔喔，遇到瓶頸……唔哼哼！這種時候只要給出太華麗的建議解決這個問題，大賀學長肯定就會對我更心動了！」

這不可能。即使真的因為妳的建議解決了問題，只有這個是萬萬不可能的。

……我姑且先說清楚，我對蒲公英沒有這個意思，蒲公英也一樣。

只是蒲公英說自己的目標是成為校內偶像明星……然後將來還要成為日本第一的偶像，所以說什麼就是想增加自己的粉絲……雖然大概都會因為幹出蠢事而失敗。

這大概也是這類活動的一環吧。

「……我有靈感了！大賀學長，我有個超級好主意！」

連我煩惱的內容都沒問就想到的超級好主意？……看樣子是行不通啊。

「如果大賀學長堅持想知道，我會好心告訴學長喔～～！唔哼哼！」

我並沒有想知道，所以趕快把運動飲料發給其他隊員——換作是我的好朋友，多半會這麼說，但我不是他，而且蒲公英似乎也很希望我問。

「嗯！我堅持想知道！拜託啦，蒲公英！」

「真～～是的！真拿學長沒辦法耶～～！」

……她忸怩起來了。蒲公英真的是一被人誇就會得意忘形耶。

好擔心她將來會不會被一些奇怪的詐騙手法給騙了。

「那我就告訴學長吧！很簡單，就是想著重要的人來練習！因為精神的堅強也會對身體帶來強大的影響！只要盼望能為了這個人贏球，身體自然就會跟上！最後決定勝敗的不是身體的強弱，是精神的強弱！重點就是心意啊！心、意！」

哦？沒想到這提議還挺像樣的嘛。

「原來如此！不過，實在很難啊！要我想著重要的人，我卻想不到有誰耶！」

「不用擔心！這方面我也想好了萬全的對策！來，大賀學長！馬上在腦海中想起我，盡你所能對我發萌——」

「小桑，差不多該回去練打擊啦。」

「芝，你說得對！蒲公英，謝謝妳的運動飲料啦！」

「咦唷！我的話還沒說完呢！……呃，都跑掉了！」

我贊成芝的提議，站起來準備再去練打擊。

朝我丟下不管的蒲公英一看……

「嗚嗚……沒辦法，就去把運動飲料發給其他人，讓他們對我發萌吧。像穴江學長應該就很剛好……」

穴江……這下我可清楚你被蒲公英看得多扁了。

不過也是啦，他這麼輕佻，應該會實現蒲公英的願望。

話說回來，重要的人啊……

家人和朋友……光是馬上就會浮現出臉孔的人就有好幾個。

可是，蒲公英所謂「重要的人」，應該不是這些人吧？那個……怎麼說……指的應該是喜歡的女生吧？很遺憾，現在我就是沒有這種對象。

啊，大家可別誤會喔，不是說沒有女朋友或喜歡的女生就表示我的青春過得很落寞。我反而覺得自己算是得天獨厚了。

我可是能和一群值得信任的伙伴一起打我最愛的棒球，甚至還有超級好朋友耶。
如果要問我這輩子活到現在最快樂的是什麼時候，我肯定會回答現在吧。
所以，沒有問題。現在我對棒球看得比戀愛重要，只要和伙伴們一起全力地一步一步努力，尋求在甲子園奪冠，我就已經夠幸福了。
——除了你以外，沒有人可以當我的王子。
剛才認識的一名少女所說的話忽然掠過腦海……不過她也不可能啊。
雖然對方說我是什麼王子，但我想那多半是只有今天才這樣。
再怎麼說也不可能借個體育服就真的變成公主啊。

被夕陽照成橘色的運動場上，其他隊員與參觀的學生們離開後，我和芝兩個人留下來進行投球練習。
本來我是打算明天開始，但就是按捺不住迫切的心情，留下來練球。
我練的當然是那種球路。
我握緊球，擺好架式。得小心讓芝接得到才行啊。
「……呀！」

「…………！……嗯～～」

芝接住球後，發出苦澀的沉吟。

投球的我最清楚理由何在……因為這球不怎麼樣。

坦白說，我甚至覺得比在地區大賽決賽時投的球還差。

握法沒有問題，姿勢也不壞。為什麼就是不順利？

「小桑，今天就練到這裡，收拾回家吧。」

芝站起來，卸下護具。

其他隊員都回去了，我覺得我們也差不多該回去。可是……

「芝，可以再陪我練一下嗎？因為搞不好再練一下，我就可以掌握到一些訣竅了！」

「可是，差不多要天黑了，練太多反而……」

「不用擔心！再一下……再練個三十分鐘我就——」

「喲嘎啊啊啊啊啊啊啊啊！」

「唔哇！剛剛那是什麼叫聲？」

「這、呃！我也不知道啊！」

嚇我一跳！突然有大得不得了的叫聲迴盪在運動場上！無論是來參觀的學生還是棒球隊

的其他隊員都已經回去了，照理說應該只剩下我和芝……

「嗚哇～～～～～！大賀學長、芝學長～～～～！」

才覺得納悶，就看到蒲公英嚎啕大哭，從體育館後面跑過來。

「蒲公英，原來妳還在啊？」

「我、我當然還在啊！我可是球隊經理！所以，在所有隊員回家之前都要留在這裡陪著，這是當然的！咿！咿！」

這丫頭還是老樣子，在一些奇怪的地方硬是很正經……所以，為什麼會哭成這樣？

「呃～～……剛剛的叫聲，是蒲公英發出來的吧？怎麼啦？」

「我、我都忘了！……是、是鬼！鬧鬼了！」

「『鬧鬼～～？』」

都什麼時代了，蒲公英在說什麼鬼話？而且，現在才傍晚耶。

「啊、啊哈哈哈哈！啊哈哈哈哈！鬼妳在說什麼啊？怎麼可能鬧什麼蒲公英呢？……對吧，小桑？」

芝，你冷靜點。你把「蒲公英」跟「鬼」說反啦。

原來你怕這種東西啊……看你腳都抖得亂七八糟了。

「就是鬧鬼了啊！我在等你們兩位練習結束，閒著沒事做，就跑去向體育館後面那棵會幫人實現一個願望的成就樹許願說：『請讓大賀學長和芝學長練完球後無法不對我發萌』，沒想到！」

妳會不會太浪費這唯一的許願機會？

而且就算有成就樹保佑，要實現這個願望大概也很難吧……而且不准實現。

「我突然聽到一個像是有怨念的聲音，想說是怎麼回事，抬頭一看，竟然就看到成就樹上……有個身上插滿了樹枝和樹葉，頭髮很長的女鬼！」

「咿！不、不對，蒲公英，我看那應該是正常的人吧？」

「不可能，芝學長！這世上不可能有活生生的人能用那麼充滿悲愴感的聲調說『好慢喔～～還沒好嗎～～』！也就是說，得出的結論只有一個！」

啊～～……嗯，我知道這鬼是什麼來頭了。大概是因為人變少了，也就先過去了吧。蒲公英說的鬼，幾乎可以說肯定就是……

「肯定是因為嫉妒我可愛而出現的女鬼！」

不對。錯得離譜，離譜得我都想知道妳是根據什麼樣的邏輯得出這個結論。

「啊～～蒲公英，這個鬼妳不用擔心，大概是我朋友。」

「什麼！大賀學長竟然和鬼建立友好關係！嚇我一跳！」

「不，本來就不是鬼……算了，沒關係。蒲公英、芝，我去跟這鬼談談，你們先回社辦去吧。」

沒辦法。讓她等太久也實在過意不去，今天就練到這裡為止吧。

畢竟芝也說差不多該停了。

「不、不要緊嗎？呃，要不要我先去準備銀的十字架跟大蒜……」

芝，那是用來對付吸血鬼卓九勒伯爵，不是用來對付鬼的。

「不用擔心啦！她不是那麼壞的鬼！」

眼前還是趕快過去比較好，就先省略對芝還有蒲公英解釋，趕快走吧。

我快步走向體育館後面。

一來到體育館後面，待在那兒的人物不出我所料，就是我在休息時間認識的少女……Anemone。

她似乎已經換下體育服，穿回我們剛見到時的便服……話是這麼說，但身上莫名滿是樹枝和樹葉……為什麼會變成這樣？

「真是的，讓人等可不是王子的工作，是公主的工作耶。」

從她的口氣和模樣看來，似乎從很久以前就在這裡等我了。

「我等太陽同學來的時候，不時有人跑到體育館後面來，每次我都要爬到樹上躲起來，很辛苦的。而且又會弄得身上都是樹葉跟樹枝，後來我都懶得拍掉了。」

Anemone一邊說一邊把頭髮和衣服上卡著的樹葉和樹枝拍掉。

好難得啊。雖說這裡有成就樹，但暑假期間的體育館後面竟然會有很多人來……

「而且來的人說的都是些有點怪的願望。像是什麼『我想在甲子園奪冠，交到可愛的女朋友～～～！』啦、『請讓我在甲子園大顯身手，當上職業球員，將來娶到的老婆是個千年才會有一個的超級美少女偶像明星！』啦、『希望不要有任何人受傷，讓我們有一次最棒的甲子園』啦、『希望大賀學長和芝學長練完球以後會無法不對我發萌』。」

嗯，我很清楚是誰來過了……照順序是穴江、樋口學長、屈木學長、蒲公英。

除了屈木學長的願望，眼前還是先把其他人許的願望忘掉吧。

尤其樋口學長許的願，實在有點作夢作過頭了。

「也沒辦法，這裡就是這樣的地方。這棵樹，我們叫它成就樹……據說會幫人實現一個願望。」

「是喔？這我還是第一次聽到。那麼，要是我許願，不知道它是不是也會幫我實現。」

「誰知道呢？傳說就只是傳說。」

「太陽同學果然很沒情調耶。既然是我的王子，至少也該說『一定會實現的，My sweet honey』吧？」

「假設我認真這麼說，妳會怎麼樣？」

「……大概會有點倒彈。」

那從一開始就別說不就好了……啊，繼續聊這些沒營養的事也不是辦法。

搞不好芝和蒲公英都在等我，還是趕快把事情辦一辦吧。

「妳要還我體育服對吧？不好意思，拖到這麼晚。」

「……呵呵，很遺憾，你猜錯了。這套體育服暫時是我的。」

啥？說什麼鬼話？

呃，別那麼開心地抱著我的體育服不放，還我啦。

「所以，Anemone 妳為什麼一直在這裡等我？」

「……可能是想聽你叫我的名字吧，太陽同學。」

她以天真無邪的笑容說出這種話，讓我忍不住怦然心動。

到底是說笑還是當真，實在很不好判別……

「不過太陽同學比我想像中還厲害耶。今天你們練球時，觀眾談論的幾乎都是你，說：『小桑投球好厲害！』『只要有小桑在，要拿下甲子園冠軍也一定沒問題！』……不愧是王子，我身為公主也與有榮焉。」

「……謝了。」

大家都高興得太早啦，麻煩好好看看現實。

憑那種投球水準，別說甲子園冠軍，多半連第一輪都突破不了啊。

「哎呀？怎麼啦？你愁眉苦臉的耶。」

「沒有，沒什麼……只是話說回來，竟然特地跑來看外校的棒球隊練習，妳還真喜歡棒球啊。」

我不想被她繼續追問下去，所以想也不想就扯開話題。

「嗯……大概吧。」

「大概？」

「對啊，就是大概。大概啦，Maybe maybe。」

Anemone回得活潑是很好，但她在說什麼啊？現在談的是她自己吧？

可是她對於喜不喜歡棒球這個問題，回答卻是「大概」，這說不過去吧？

Anemone她該不會……

「其實妳是外校派來偵察的？」

「如果是，你會怎麼做？」

「竟然特地跑來偵察第一次打進甲子園的高中，為了答謝妳所花的時間與這份當之有愧的光榮，我想幫忙出個交通費。」

「錢就不用了，我比較想要你請我吃一頓好吃的飯。我想吃美乃滋海底雞。」

意思也就是說，只花了跟便利商店的御飯糰差不多價錢的交通費。

這樣的話，應該就不是從外縣市跑來偵察的吧。

「那麼，我差不多可以回去了嗎？」

「不行～～因為我之所以把太陽同學叫來這裡，除了要你叫我的名字以外，還有另一個理由啊。」

「是、是什麼事啦……？」

要我叫她的名字還真的包括在目的裡喔……我還以為是開玩笑呢。

「我要賜給你王子的工作。怎麼樣？開心吧？」

「要看是什麼事啊。王子也有做得到跟做不到的事。」

「哇，你好小心翼翼。這種時候不馬上回答『嗯』可不會受女生歡迎喔。」

「不用擔心，我已經有了迷人的公主。」

「呀！」

喔，這反應可有意思。Anemone的臉一下子就染紅了。

我看這女的自己講令人害羞的話可以臉不紅氣不喘，卻很不習慣別人講她啊。

這讓我有種贏了的感覺。

「這、這真令人高興……」

Anemone把視線從我身上移開，看著右上方，含糊地嘟噥幾句。

她浮躁地用手梳著頭側邊綁著的小小的翹馬尾，模樣硬是頗為可愛。

「所以，王子要做什麼才行呢？」

「對喔……跟你說喔，我想看到更多你帥氣的樣子。」

「……！這、這愛的表白還來得真唐突——」

「啊，我說錯了，應該是說，我想看到更多你『們』帥氣的模樣。」

「…………」

「嘻嘻，回敬你的。」

明明是妳自己先開始捉弄人的……真不公平。

「這是什麼意思啦？什麼叫作想看我們帥氣的樣子？」

「你說話帶刺耶～Anemone 小妹妹會受傷喔。」

「不要用問題回答問題。」

「也許是出於想多和太陽同學聊聊的一種難懂的女人心。」

「這是剛剛才作勢要投直球結果用變化球讓人揮棒落空的傢伙該說的話嗎？」

「真不愧是棒球隊的，這說法很妙。那麼，下次投手 Anemone 就投個直球吧……跟你說喔，以後我也想看你們練棒球。」

意思是要我以後也繼續幫她入侵校園嗎？

看起來不像有什麼惡意，說沒關係也的確沒關係啦……

「所以，明天我也想拜託你偷偷幫忙，不行……嗎？」

「為什麼要做到這樣？」

「因為我喜歡……喜歡看人拚了命橫衝直撞地努力。」

這樣的話，只要隨便找一下，多得是其他……這句話我吞了下去。

不知道有什麼內情，Anemone 就是選上了我們西木蔦高中棒球隊。

我之所以吞下那句話，就是因為隱約這麼覺得。

只是，很遺憾……

「明天，我們棒球隊休息。」

「啊，這樣啊……」

她沮喪得好明顯啊。Anemone 雖然那麼喜歡捉弄人來取樂，但想看我們練習的心意大概是非常率直的吧。她的理由和目的我都不知道，然而至少我知道她這種心意是真的。既然這樣……也就非邀她不可了啊。

「上午九點，在離我們學校要走一小段路的河濱。」

「……咦？」

「明天我們球隊休息，但是我和芝……啊，就是當捕手的傢伙，我要和他個別練習。如果妳不介意……就來看吧。」

「真的？可以嗎？」

「可以。我會盡我所能讓公主高興。」

「真有你的。你果然是我的王子。」

「那還用說……雖然我也有想說光看不會無聊喔？」

「為了看人橫衝直撞地努力，我一直都橫衝直撞地努力。」

「……真難懂耶。妳為什麼要做這種奇怪的努力？」

「這個啊……」

……嗯？怎麼啦？Anemone感覺有點奇怪。

天真的笑容看起來和剛才一模一樣……可是完全不一樣。

一種像是有點達觀的悲傷眼神……Anemone似乎發現我注意到她的這種眼神，便搔著後腦杓，露出尷尬的表情……

「是為了讓我成為我。」

以小得幾乎聽不見的聲音說了這句話。

☀

回到社辦一看，芝和蒲公英似乎都留下來等我，還問說：「鬧鬼不要緊嗎？」但我解釋只是我朋友在等我。

之後說好要三個人一起去吃個飯，現在我們就為了吃我最喜歡的炸肉串，一起朝商店街我中意的那家店前進。

「——所以呢，我認為芝學長應該要對更多人宣傳我的可愛！」
「呃，我不想做這種……」
「真是的～～！芝學長就是臉皮薄，真不老實！唔哼！」
「……我可是老實說出自己的心意。唉，真想要像樣點的經理啊……」
我走在前面，背後的芝正被蒲公英纏著硬聊那些沒營養的話題。
換作平常，我大概已經加入一起鬼扯，但現在我沒那種心情。
Anemone說的那句話就是一直縈繞在我心頭，讓我左思右想。
『是為了讓我成為我。』
她請我幫她取綽號的時候也說過類似的話。
坦白說，我不懂這當中的意義。
雖然講起來也覺得有點哲學，但人生來就是自己，這點並不會改變。
像我也覺得過去這十七年來的人生當中創造出了各式各樣的自己，即使如此，這些自己也全都一樣是「我」。
然而，Anemone的話聽起來卻像在說她不是她自己……
「小、小桑，差不多要到那家店了吧？我陪蒲公英說話快要挺不住了……」
「唔哼哼！大賀學長也請一起來談談我美妙的魅力！我們才剛開始呢～～！」
不妙，芝陪蒲公英耗著耗著，似乎快挺不住了。

可是從某個角度來看，時機還真巧。畢竟我們正好到了目的地。

「這樣啊！那接下來就讓我也參一腳吧！……我是很想這麼說啦，可是在這之前先進店裡吧！來，這裡就是我最推薦的『陽光炸肉串店』！」

☀

「嗯，好吃。我是第一次來，不過吃了就很清楚小桑為什麼會迷上這裡了。」

「我就說吧！要吃炸肉串，還是『陽光炸肉串店』最好啊！」

我們進了炸肉串店後，「四個人」坐了一張桌，吃著炸肉串。

順便說一下，進店裡時本來是三個人，現在卻變多，是因為湊巧有個認識的人比我們先來到「陽光炸肉串店」。難得碰到，我們就請他和我們同桌。

至於這個人是誰呢……

「蒲公英，蘸醬不要蘸第二次。」

「為什麼我怎麼吃東西還得讓特正學長在一邊囉哩囉唆！唔哼～～！」

就是唐菖蒲高中背號四號的三壘手特正北風。

他也是和我們在地區大賽展開一場激戰的老對手，但那終究是比賽。

私底下由於我們就讀同一區的學校，其實也是好朋友。

「我也不想多管閒事，可是妳連寫在這裡的『禁止蘸第二次』這幾個字都看不懂嗎？」

「唔！看是看得懂啦……」

「那就遵守規則。如果想多蘸點醬料，就一次蘸個夠。」

個性就如各位所見，是個正直又正經八百的人。他和蒲公英是同一間國中出身，從以前就彼此認識。

說到學長糾正學妹的疏忽，這和穴江與樋口學長的關係倒也有點相似啦……

「我明白了！真是的，為什麼特正學長總是只對我糾纏不清地訓話呢！真是壞心眼！」

「我、我可自認沒什麼壞心眼……」

蒲公英撒嬌假裝生氣，特正有點退縮。

看這樣子，就會覺得他們兩人的關係似乎也不單純是學長學妹。

不過這應該也沒什麼不好吧，而且也輪不到我插嘴。

別管這個了，現在的話…………好，應該可以。

「喂～～花灑！可以來一下嗎？」

「好啊，小桑，怎麼啦？」

我看準時機叫來的是在這裡工作的打工人員如月雨露……也就是花灑。他的綽號「花灑」的由來和蒲公英差不多，因為從全名「如月雨露」中去掉「月」字，就會變成「如雨露」（註：花灑在日文中的漢字寫作「如雨露」）。

花灑從國中時代就是我的好朋友，是少數知道我真面目的人之一。

如果有人問我誰最懂我，我應該第一個就會提到他的名字。

我們高中也一起，但參加的社團不一樣，所以本來以為暑假期間不太會有機會遇到，但他在我中意的炸肉串店打工，只要來這裡，要見到他還算容易。

……為免誤會，我話先說在前面，我可不是為了見花灑才來吃炸肉串的喔。我跟花灑終究是朋友，不多也不少。

「不好意思！明天我有點事，大概去不成了！」

本來我們這幾個平常在學校都泡在一起的人講好明天要到花灑家集合，一起吃流水麵線，但我要以練球為優先，所以取消。

我沒吃過流水麵線，本來很期待……但也沒辦法。

「嗯、嗯……是無所謂……怎麼了嗎？」

「在夏季的甲子園開打前，我想盡可能以練習為優先！有個東西還沒練成，所以為了練成，雖然明天沒有社團活動，我個人還是想練球！」

重要的約定，我到了前一天，而且還拖到這樣的最後關頭才要取消，他會不會生氣呢？

「知道了。練球要加油喔。」

杞人憂天也該有個限度。花灑不是會為這點小事生氣的人。

他說話不太中聽，但個性卻與口氣成反比地好。

「好！不好意思啊！本來應該由我和你一起進行準備工作，結果突然去不成！」

「別放在心上啦。準備工作這種小事，我一個人也搞得定。」

「唔！如月學長明天要吃流水麵線？」

蒲公英猛一抬頭，以充滿興趣的眼神看著花灑。

「嗯，是啊……蒲公英，怎麼啦？」

「我沒吃過流水麵線！我想試試看！而且明天棒球隊也沒有要練習，請讓我參加！唔哼哼！」

「妳要參加？」

「是！而且，這對如月學長也是好消息吧？畢竟這樣學長就可以和這麼迷人的我一起過暑假！所以，本來應該由你下跪磕頭——」

「妳不來沒差。」

「啊！好過分！我也想吃吃看流水麵線！請讓我參加嘛！」

蒲公英啊，花灑這個人說來說去還是很照顧人，但對得意忘形的發言可不會客氣。妳為什麼可以擺出那麼強勢的態度，實在讓我百思不解。

「那妳一開始就該老實這麼說。」

「嗚嗚嗚……如月學長對我都不好……」

「集合時間是十二點整，地點在我家……會晚到沒關係，但可要事先聯絡喔，因為我不想擔無謂的心。」

「好的～～！我明白了～～！好期待吃流水麵線喔！唔哼哼哼！」

他自己多半沒有自覺，但能自然而然說出「擔心」這樣的話，就表示他終究是個人很好的傢伙啊。所以蒲公英也才會這麼中意花灑，有事沒事就去招惹他。

「如月，我來代替大賀幫忙準備流水麵線吧，這也是答謝你今天的照顧。當然準備結束後，我會馬上回去，因為要是待太久就會給你添麻煩啊。」

「你要來？這我是很感謝，可是…………嗯？不好意思，等我一下，有人聯絡我……唔呃……竟然是妳喔……」

花灑看了看智慧型手機，露骨地皺起眉頭。

「……好。那麼，就要承蒙你照顧了。謝啦，特正。」

「唔。畢竟我們剛認識，很多地方都多虧你通融啊，有這個機會答謝你正好。」

看來特正很中意花灑。

花灑也不會因為受男生歡迎而高興就是了。

……啊，對了。雖然這和流水麵線完全無關……

「我說花灑，我想跟你商量一下，方便嗎？」

「嗯？怎麼啦？」

「我朋友說了句有點奇怪的話！我就想說你搞不好會懂這話的意思！」

「奇怪的話？」

「對，說得像是『自己想變成自己』，你覺得這是什麼意思？」

花灑是個對人細膩的感情變化很敏銳的男生，所以即使我不懂，花灑說不定會懂。我就是這麼想才試著問他，只是……

「坦白說，我莫名其妙。」

就是說啊。再怎麼說都是過度的期待啊……

「可是……我想想……這個人心裡大概有個『理想的自己』之類的形象，想變成那樣吧？只是，自己的個性有些問題，沒辦法變成那樣，所以想改善這個問題，之類的？」

「喔喔！真有點像這麼回事啊！我的好朋友真有一套！」

「呃，這是我瞎猜的，未必猜得中啊。」

就算是這樣，這個意見仍然相當寶貴。為了變成理想中的自己而想改善某些問題啊……

嗯，這種心情我也懂。

坦白說，我在變成現在這樣的形象之前一直都很膽小，遇到事情很容易退縮。說不定Anemone也有著像是想透過棒球得到勇氣之類的想法。

那麼明天也許可以考慮讓Anemone也參加練習，一起打打棒球。練習是很重要沒錯，但這點餘力我還有。

「唔哼哼哼！如月學長！順便告訴你，我已經堪稱世上所有男性的理想——」

「那我差不多要回去工作啦，你們慢慢坐。」
「為什麼都不肯聽我說話！如月學長壞心眼！唔哼～～！」
蒲公英，那是因為他早就猜到妳要說的話沒營養啦。
哎呀呀，真沒辦法啊。這個時候就由我來讓蒲公英恢復好心情吧。
「哈哈哈！算了啦，有什麼關係嘛，蒲公英！別說這個了，妳吃吃看這帆立貝！有夠好吃的啦！」
「唔～～！既然大賀學長這麼說……嚼嚼……哇啊啊啊！好好吃！外皮酥脆裡頭Q彈！唔哼哼哼哼！」
嗯，蒲公英果然很好打發。吃個炸肉串，心情轉眼間就恢復了。
「總覺得小桑的心情也很好啊。」
「喔，是嗎？也對，說不定是啊！哈哈！」
芝，你說對了一半，說錯了一半。
我們明天練球時Anemone應該會出現。聊起來那麼有意思的女生可沒那麼容易找到。
所以，我的確期待明天也能聊得開心。
可是啊，我心中也有著同等的不安……她在最後露出短短一瞬間的那種悲傷的眼神。
Anemone到底有什麼苦衷？
突然從成就樹上跳下來，自由奔放地把人耍著玩，卻又露出那樣的一面……真是個不可

思議的女生。

——呃，滿腦子都想著 Anemone 也不好。

明天的目的不是要讓她開心，也不是要知道她的祕密。

要完成那種球路……我就是為了這個目的，不惜特地取消重要的約定。

甲子園冠軍……這才是現在的我……不，是西木蔦高中棒球隊的目標，所以只有我一個人想著無關的事情就太不上道了。

因為我是「小桑」，是西木蔦高中棒球隊王牌，要負責活力充沛地笑，引領大家前進。

喜歡傳接球的王子

早上五點。

一睜開眼睛，最先映入眼簾的，是貼在天花板上的野茂英雄海報。我腦袋的思緒還在亂飄，手就伸向海報，但當然摸不到。

「……還達不到啊。」

重新體認到自己的火候不夠，讓我的意識清醒過來。我坐起上身後，拉開窗簾，看看窗外，看見天空雖然還很昏暗，卻已經顯露出即將天亮的徵兆。

就好像是在黑暗中徬徨的世界漸漸充滿了光明，讓我很喜歡這段時間。

「……是破曉的天空啊。」

——我不經意說出這句耍帥的話，但說完覺得比想像中更難為情。

還是把剛剛的事情從記憶中抹去吧。

好了……我不由自主地和有晨間練習的日子一樣早起了，該怎麼辦呢？

約好的時間是上午九點，距離集合地點，從這裡搭電車加上走路合計大概三十分鐘。

知道完全不必著急……但我的身體和這樣的想法背道而馳，已經開始換上棒球隊球衣。

嘖嘖……雖然想按捺急切的心情，身體卻很老實。

還是放棄用理智抗拒心意這種白費力氣的挑戰，乖乖做好準備吧。

我換好衣服，把棒球裝備袋和球棒袋放在玄關，走向客廳……可是一個人都沒有。這時間家人都還在睡，當然沒有人出現。

因此我稍微留意放輕聲響，開始準備早餐。

從冰箱拿出兩盒紙盒裝的蔬菜汁，再隨手挑些水果。

這樣就完成了簡單的早餐。是蔬菜汁與水果拼盤。

我花了十分鐘左右吃完這些後，走向洗手臺刷牙。有點豪邁地漱口漱得咕嚕作響，刷完了牙。這樣一來，準備就幾乎都做完了，之後只剩出發。

「大絕招！高人一等的男人就從髮型開始！」

無意間映入眼簾的，是很久以前從便利商店買來以後就丟在洗手臺沒用的髮蠟那粉紅色圓形容器上所寫的文宣。我一向認為只不過換個髮型，哪可能提升男人的等級，所以這句話完全無法打動我。

會把這種話當真的，大概只有沖昏頭的傢伙吧。

「……………嗯，睡到翹起來的頭髮還是整理一下比較好吧……這是為了對付亂翹。」

我自言自語後，到房間拿起一本書，回到盥洗間。

那是我昨天回家路上為防萬一所買的髮型型錄。

我一邊把型錄固定在刊登了我中意髮型的那一頁，打開髮蠟的盒子，抹了一些在手上。

這髮型型錄刊登了髮型，卻根本沒有講解要怎樣弄成這個髮型嘛……真不親切。

「……哎，差不多就這樣吧？」

我看著鏡子的自己，再度自言自語……到頭來，我花了相當於早餐三倍的時間——三十分鐘，才總算弄出我想要的髮型。

由於重弄了很多次，盒子裡的髮蠟已經減少許多。

這次真的準備完成了。我最後在桌上的留言本寫下「我去練球」的留言後，就意氣風發地前往玄關，穿上鞋子。

然後，把放在棒球裝備袋上頭的西木蔦高中球帽…………竟然是球帽？

……糟了。說來不意外，棒球球衣當然有球帽。

換作平常，我會毫不在意地戴上去，但今天的情形有點不一樣。

我用僅有的零用錢買下髮型型錄花了八五〇圓，有樣學樣做髮型花了三十分鐘。

虧我「拚命整理好了亂翹的頭髮」，戴上這帽子就白弄了。

「不好意思，今天你就在這裡悠哉吧。」

我誠心誠意地道歉，將帽子小心翼翼收進棒球球具包。

好了，該振作起來出發了。

早上六點，我小心翼翼避免發生太大的聲響開關玄關的門，出發了。

等見到她，第一句話該說什麼呢？

正常地說「早安」就太沒哏，說「很慢耶」可能不錯吧……

☀

「很慢耶。」

「怎麼可能？」

早上六點半，我抵達河濱後，坦白說出了我的震驚。

離約好的時間還有兩個小時以上。我想說反正不會有人那麼早來，本來還打算一個人做肌力訓練或揮揮空棒來等，沒想到……河濱已經有個少女在等我。而且，連我本來打算說的台詞都被搶走了。

「可能啊，是現實。是如假包換的 Anemone ～～」

她擺出雙手食指戳著臉頰，脖子往旁一歪的動作。這個動作讓人怎麼看都只覺得是故意的，卻不會覺得不舒服。而且我太吃驚，根本沒空想這些。

「妳幾時來的？」

「嗯～～……大概三十分鐘前吧，我就搭第一班電車咻咻咻地來了。」

該死。要不是我在整理亂翹的頭髮，就可以勉強同時到達喔。

早知道會這樣，我就會比平常更早起了……

「真是的，王子睡過頭，實在讓人不敢恭維耶。」

「……沒這種事。我早上五點就起來啦。」

我沒說謊，只是準備花了太多工夫。

「所以，你急急忙忙趕來，卻這個時間才到？」

「這就任由妳想像了。」

「哦～～……所以才會啊……」

「才會什麼？」

我問歸問，卻有不好的預感。

畢竟 Anemone 可是用有夠慧黠的眼神看著我耶。

然後她不改這樣的眼神，手指了指我的頭說：

「『亂翹』。你是因為急急忙忙趕來，才會弄成這麼有趣的髮型吧？」

「……對啊，就是這樣。」

我立刻從棒球裝備袋裡拿出球帽戴上，而且戴得比平常更仔細，壓得更深。

「嗯，太陽同學還是這樣比較帥氣。」

「妳拿來跟亂翹比，我也高興不起來。」

「好，那我們就來說個假設吧。假設太陽同學花時間『好好整理好髮型』，我還是喜歡戴棒球帽的太陽同學。」

「這可真是謝了。」

我覺得彷彿一切都被她看穿，臉都熱起來了。

我老是這樣，太患得患失，反而搞砸。該搞定的時候搞不定。

「……妳就穿這樣一路來到這裡？」

Anemone 身上穿的是昨天跟我借的體育服。

她剛剛說「搭第一班電車」，這應該表示她是搭電車一路來到這裡的吧？

「不是，我是來到這裡才換上的～～」

總覺得這也不太妙……不過這麼早，大概幾乎沒有人來吧。

「為什麼要特地……」

「公主要見王子的時候都要穿上禮服，這是常識。太陽同學也是因為要見我，才穿著這麼漂亮的晚禮服吧？……和昨天不一樣，是全白的呢。」

「沒有人會在練習前就把球衣弄髒。」

「所以我們彼此的準備都已經做足了……那麼，題目來了。面對穿著禮服的公主，穿著晚禮服的王子該說的台詞是什麼呢？」

「那麼公主，接下來我們並肩作戰吧。」

「你不肯保護公主喔～～」

「我是想到公主是不是也想一起戰鬥。」

「嘻嘻，其實你猜得對極了。真不愧是我的王子。」

笑咪咪的模樣才是Anemone正常運作的情形，但現在她展現出大約是平常兩倍燦爛的笑容。看來似乎對我的話很滿意。

「哇喔，這就是王子手上淵源純正的傳說之劍嗎？」

Anemone興味盎然，注視我從球棒袋拿出的球棒。

「是啊，是從威爾森那邊繼承下來的一把叫作迪馬里尼的劍。」

「給我看，借我，讓我摸～～」

「唔哇！好、好啦！我會借妳啦，妳先放開！」

不要突然靠過來好不好……我對這種事不習慣啊。

「鏘鏘鏘～～Anemone取得了傳說之劍～～」

呼……球棒交給她後，總算能拉開一些距離。

我萬萬沒想到球棒竟然有這種用法。

「……咳。那麼，就從揮空棒開始。我幫妳調整姿勢。」

「哼哼，來包我身上。」

這什麼回答？

「哼嘎吧啾。」

隨著這聲奇怪的呼喝聲，Anemone開始了她那遜砲外行人感徹底外露的揮空棒練習。

「怎麼樣？這就是 Anemone 的金雞獨立打擊法。」

「嗯，我覺得很有架式。有這種水準，在大聯盟也一定管用。」

雖然我還是第一次看到這種兩隻腳都踏在地上的金雞獨立打擊法，不過她本人很開心，就別計較了吧。

「比鈴木一朗厲害？」

「也許吧。」

既然要跟一朗比，好歹也用鐘擺式打擊法啊。

「太棒啦。」

即使是怎麼想都覺得是客套話的話，好像也讓她開心了。

Anemone 再度以雙腳踏在地上的金雞獨立打擊法揮起球棒。

咻～～一聲洩氣的破風聲微微迴盪在河濱這一帶。

「對了，太陽同學。」

「怎麼啦？」

Anemone 突然停止揮棒，盯著我看。

「你啊，『是雙重人格還是怎樣嗎』？」

「…………！」

冷靜……還只是被懷疑，只要正常說話就沒問題。

「妳、妳這麼想的理由是……？」

糟了。我說話明顯在動搖，要遮掩好一點才行啊……

「因為你跟我在一起時，還有跟棒球隊的大家在一起時，個性就是那麼不一樣，就算遠遠看都看得出來。所以我就想說也許是這麼回事。」

的確，是這樣啊。我和 Anemone 在一起的時候不是以「小桑」的角色，而是用平常隱藏起來的另一個自己和她相處。而她後來看到棒球隊練習，自然會有疑問。

……竟然要聽她說得這麼明白才發現，真不知道我在搞什麼。

「所以，Anemone 的假設答對了嗎？人家好期待喔。」

「要辜負妳的期待實在令我過意不去，但很遺憾，妳猜錯了。兩個都是『我』。我只是根據時間和場合，小小改變態度而已。」

「這樣啊。原來如此～～」

為什麼我會對認識才過了一天的女生，把自己一直隱瞞至今的事情這麼乾脆地展露出來呢？是因為我想找個人說出來？……不對，不是這樣。

也許是因為對象是 Anemone，我才能坦率地表達自己。

「可是，『都不能哭不會很難受嗎』？」

「……妳這話是什麼意思？」

這女的到底想踏進我內心多深的地方啦……

「因為太陽同學是個愛哭鬼，我就想說要忍著不哭應該很難受。」

我忍不住深深壓低帽子，低下頭，為的是遮掩自己的表情。

「記得我在妳面前，應該從來不曾掉過眼淚吧？」

「是啊。可是，你是愛哭鬼沒錯吧？」

「絕對不是。」

我不曾和別人比較過，所以也不知道，但我絕對不是什麼愛哭鬼。

像我記得自己最後一次哭，已經……嗯，是在確定打進甲子園的時候，所以的確是沒多久前啦。

那個時候，我在棒球隊的隊員面前也是拚命忍耐，躲到別的地方偷偷哭。

扣掉這次，我上次哭已經是很久以前，久得都記不得了。

「呼～～……打擊我已經練成了，好想練別的喔～～王子。」

開始到現在才過了五分鐘……是她個性容易膩嗎？

「這位公主還真任性啊。」

「對啊。公主很任性，所以會千方百計要王子看著她。」

就叫妳不要把這個當成第一優先事項了。

「妳只要很正常地叫我看過來，我就會照辦。」

「好～～那……看過來～～」

哎，既然她都這麼說了，那也沒辦法。就趕快把帽子拉回原來的位置，回應她的要求吧……不用怕，就只是看臉而已，根本沒什麼好緊張的。

我一抬頭，立刻看到 Anemone 迫不及待的雀躍表情。

「……這、這樣妳滿意了嗎？」

「嗯，非常滿意。」

不要用那麼開心的表情一直看著我的眼睛好不好……

「來，球棒還你。」

「嗯。」

原來在女生凝視下接過球棒是這麼艱辛的事？

我以前都不知道。

「再來，我好想跟太陽同學做點什麼耶～～」

「知道了。」

我先把視線從 Anemone 身上移開，收起球棒，把視線轉到一旁的棒球裝備袋上。

能一起做的事情啊……如果是這樣──

「看過來～～」

「不、不要突然把臉湊過來！我會好好看！我會好好看妳，妳等一下！」

「好～～那我就等嘍。」

真是的，不要我視線才移開一下子就把臉湊到我面前。啊～～害我冒冷汗了。
我深深吸一口氣，然後呼出，完成一次深呼吸。
接下來，我從棒球裝備袋拿出手套，朝 Anemone 搖了搖。
「接下來玩傳接球，如何？」
「我要玩我要玩～～那麼，我搶到這邊的手套啦～～」
「這樣的話，我就拿這邊的。」
「謝謝你喔，還特地準備我的手套。」
「……妳在說什麼啊？這只是因為打棒球的人為了因應手套壞掉的情形，隨時都會帶兩副在身上。妳還太外行啦。」
「嘻嘻，我當然知道。」
我和 Anemone 戴上手套，拉出一定的距離。畢竟要是離太遠，Anemone 丟的球可能就會飛不到我這邊……大概這個距離吧？
「要丟了～～吃我一球剛速球啊～～！」
大清早的河濱，Anemone 以非常響亮的大音量呼喊，搞得附近路過的一個遛狗的國中女生全身一抖。
我本想一起大聲喊……但還是作罷。比個手勢就好吧。
「哼嘎吧啾。」

Anemone 和打擊的時候一樣，伴隨著奇怪的呼喝聲投出了球。

她活力充沛地大喊，投出的球卻很難算是剛速球。球劃出一道軟綿綿的拋物線，飛到我手套之前先落到地面彈跳一次、兩次……然後進入手套。

這讓我想起那種偶像明星的開球典禮。

「一好球！」

但 Anemone 似乎對這樣的結果很滿意，還是一樣大喊，同時在稍遠處蹦蹦跳跳。

好，接下來換我啦。那我就用 Anemone 接得住的力道……嘿咻。

「喔喔，漂亮的控球。」

我的球「啪」的一聲俐落地收進 Anemone 的手套。

那還用說？我可是投手耶，這點小事根本是家常便飯。

「好～～接下來換我了～～」

Anemone 的軟綿綿投球又飛了過來。

每次我接到球，Anemone 就會開心地嬉鬧起來，讓我忍不住覺得她昨天曾露出那一瞬間的悲傷眼神全都不是真的。

接下來我們繼續練了三十分鐘左右的傳接球，看得出 Anemone 的疲勞已經漸漸累積，於是我們決定先休息一下。

她對打擊很快就膩了，但傳接球卻可以玩很久——我正一邊暗自嘉許一邊在河濱的樓梯坐下，Anemone 就跟著在我身旁輕輕坐下。

同時傳來一股自由奔放的肥皂香氣……有種活潑女生的氣味。

時間是早上八點……還是原訂集合時間的一小時前。

「玩得好開心喔～～太陽同學覺得呢？」

她喝著從附近的自動販賣機買來的寶礦力運動飲料，心滿意足地輕舒一口氣。

嗯？Anemone 的頸子流下了一行汗，總覺得好漂亮啊……

如果就這麼伸出手，大概抓得……呃，我想幹嘛啦？

還是拉開點距離吧。離這麼近，有很多事情都很不妙。

「………嗯，滿開心的。」

我一邊說話一邊抬起屁股移動十五公分左右。嗯，這樣就放心了。

「傳接球真的很棒耶，有種彼此相連的感覺……嘿咻。」

為什麼我拉開距離，妳又拉近啦……饒了我吧……

「相、相連？這話怎麼說？」

「你想想，棒球的投手不就是為了讓打者揮棒落空而投球嗎？」

「也可能會故意讓對方打擊出去來解決啊。」

「你很在意小地方耶～～唉，總之，這樣說有點難聽，不過比賽當中，投手不就是為了讓對方失敗而投球嗎？可是，傳接球就不一樣，是為了讓對方接到球……為了讓對方成功而投球，不是嗎？我就是喜歡這一點。」

「聽妳這麼一說，也許真的是這樣。」

「我就說吧～～希望將來有一天可以和很多人一起玩傳接球……啊，對了。」

她似乎又想起了什麼事，眼睛閃著雀躍的光芒看著我。

「我說太陽同學，來找很多很多人吧，當然我也一起。然後，大家一起玩傳接球。」

這聽起來很開心，很好，但找人是我負責喔……？

「……表示妳想和很多人相連？」

「…………」

先前都很饒舌的 Anemone 沉默了。

我是不是不該問？可是，昨天也好，今天也罷，Anemone 都不客氣地踏進我心裡，我也想多少踏進她心裡。

而且以後 Anemone 也可能反過來又踏進我心裡。

「……是啊，我想盡可能和更多人相連。」

「花心女。」

「嘻嘻。太陽同學你啊，占有慾好強喔。」

看吧，果然。我一個不小心，她又踏進來了。

「Anemone 是認同您很強吧。」

「對啊。可是，王子只要你一個。」

「這真是我的榮幸。」

真的是……為什麼事情會弄成這樣？

這世上往往就是會發生各種意料之外的事，但這也太過火了吧。

「對了，我的投球怎麼樣？」

「很有模有樣啊。有這樣的水準，在大聯盟也肯定管用。」

我說了和先前練打擊時一樣的話。

「比野茂還厲害？」

「這倒沒有。」

「哼～～跟剛剛不一樣。」

不好意思，野茂是我最尊敬的球員。就算是客套話，我也說不出口。

「我比野茂還厲害嘛。」

但 Anemone 似乎想要我誇她，鼓起臉頰鬧彆扭。

有點好玩。

……就在這個時候，背後傳來腳踏車的煞車聲。

「咦？小桑，你已經來啦……好早啊。」

接著是一個我熟悉的嗓音。回頭一看，發現是跟我一樣身穿西木蔦高中球衣的芝。他特地提早一個時間來啊……人真好。

「對啊！是芝啊？就等你來啊！」

好了，既然芝來了，接下來就是「小桑」的時間了。

本以為Anemone會因為我說變就變而嚇一跳，但她似乎不在意。

也是啦，剛剛才解釋過。嚴格說來，該擔心的是我。

Anemone應該不會用剛才那種輕佻的調調揭穿我的本性吧？

就是因為難保她不會這麼做才覺得可怕。為防萬一，我還是先做好遮掩的準備吧。

「那我們馬上……呃，這女生……是誰？看她穿著我們學校的體育服……」

「你好，幸會，我是太陽同學的公主。」

「啥？公、公主？」

喂，Anemone，妳不揭穿我的本性是很令人感謝啦，但不要用這種方式說話。

「小桑，你什麼時候有這樣的對象……我是不是打擾你們了？」

「不對！你誤會了！我們不是你想的那種關係！」

「是我沒有衣服他就會借體育服給我穿的關係。這是太陽同學的衣服。」

Anemone雙手把鬆垮垮的體育服腹部的部分拉開秀給芝看……呃，肚臍都露出來了啦！

得趁芝發現之前……趕快！

「笨蛋！不要亂來！」

「哎呀，被罵了。」

我趕緊揮掉 Anemone 的手，但完全看不出她有反省的模樣……這女生是怎樣？

「虧我還以為小桑一心一意只想著打棒球……」

「就說是誤會了！真的不是這樣！她只是我朋友啦，朋友！」

「嘻嘻。這是報復你剛剛不誇我。」

Anemone 這傢伙，就算我剛剛不誇她比野茂厲害，也不必這樣報復我吧！啊～搞得芝的表情都混亂得不得了啦。

「——事情就是這樣。所以，我們不是你想的那種關係，你搞懂了嗎？」

「啊，嗯……我懂了。」

接下來我花了大約五分鐘的時間，把情形簡潔地告訴芝。

告訴他我昨天到體育館後面碰巧撞見 Anemone 溜進校內的情形。後來猩猩在找 Anemone，我就幫她遮掩。然後，她說想參觀我們學校棒球隊的練習，穿便服會很醒目，所以我把體育服借給她。

「嘻嘻，就是這樣。芝喵也和太陽同學一樣參加西木鷹高中棒球隊，擔任捕手對吧？」

明明還沒介紹，Anemone 卻對芝已經有所了解，八成是因為我昨天說「要和捕手芝一起練習」吧。雖然她還是老樣子，會唸錯我們學校的名字就是了。

「嗯，對啊……是說，妳叫我芝喵？」

「嗯，芝喵。很帥氣吧？」

「聽起來像是給兒童看的動畫裡面會出現的妖怪……」

我是只加上「同學」兩字的「太陽同學」，而芝卻是重新編過的「芝喵」啊？

……是沒關係啦，差不了多少。

「妳是，呃～～……叫妳 Anemone 同學，可以嗎？」

「不用加稱呼啦，畢竟我們同年。」

「好。還有，我還是希望知道妳的本名……」

「就是 Anemone。」

「那個……小桑？」

即使芝以不解的視線看過來，我也只能聳聳肩膀。

畢竟我認為既然她本人不想報上姓名，硬逼她說也不太對。

看來 Anemone 果然很討厭自己的本名。

既然這樣，只有我一個人知道也就夠了吧。沒錯，只有我知道就夠了。

……我心胸好狹窄啊……好遜。

「總之！她就是這樣的傢伙！不用擔心！她不是什麼壞人！」

「既然小桑這麼說……我知道了。請多指教了，Anemone。」

「嗯，請多指教了，芝喵。那我坐在這階梯上參觀，太陽同學就一邊把我放在心上，一邊努力練球吧。」

通常這個時候應該說「別把我放在心上」才對吧？

「公主被王子丟下不管就會很寂寞。」

為什麼我什麼都沒說，妳就能看穿我的心思啦？妳是什麼超能力者嗎？

而且還跩得不得了。

「好！那我們馬上開始練習吧，芝！」

「就這麼辦……這女生好怪啊……」

「…………喝啊！」

「…………！……嗯～～」

芝接住球後發出的苦澀沉吟……和昨天一樣。我投球練習的進展還是差強人意，投出去的球既沒有球威，也不犀利，就只是個有點慢的直球。

我知道也只能繼續投下去，但這麼不順利的經驗還是第一次遇到，所以會累積一種和過去不一樣的壓力。腦子裡已經很確定自己想做的事，身體卻不肯回應，實在令人很不舒服。

「該死！」

「小桑，別急，冷靜點。」

我忍不住忿忿地朝地面踢了一腳。

好久沒有像這樣讓「小桑」和本來的我言行一致的瞬間了。

「球的握法不是沒問題嗎？既然這樣，稍微調整一下姿勢如何？好像也有人換成揮臂式投球，結果就順利了。」

「投球姿勢嗎……」

我明白芝是為了我說出寶貴的意見。

他明明是捕手，大概還特地為我去查了投手的相關姿勢。

他的心意很可貴……可是，唯有投球姿勢是我不想改的。

因為我覺得一旦改變就會離得愈來愈遠，離我當成目標崇拜的那位球員愈來愈遠……

真的是，要怎樣才能順利投出——

「嘻嘻，輪到我出場了吧。」

怎麼 Anemone 溜到我和芝中間，態度還自信滿滿。

「Anemone，不好意思，我們現在有點——」

「太陽同學很膽小吧？」

「這！不，沒有……」

這女的，在這種時間點講這什麼鬼話啦！

她說得沒錯，但那不是「小桑」，而是……

「嗯，的確，小桑很沒膽。比賽時也是贏得愈多，控球就會愈亂，球威也愈差。所以，分數贏到提前結束比賽的情況，反而是被打出最多支安打。這大概是因為比賽愈順利，他就愈會擔心是不是有什麼陷阱就是了。」

「咦？芝、芝？原來你早發現……」

「當捕手的，就算不想知道也會知道，而且我們又認識這麼久了。」

芝說著露出有點尷尬的笑容。

「怎麼說……你也知道，我們國小的時候不是有一些過節嗎？」

國小的時候大家霸凌我，而帶頭的……就是芝。

就是因為這個，我才變成「小桑」，為的是不讓大家討厭。

為了保護芝的名譽，我話先說在前面，這件事已經解決了。芝對自己的行動很後悔，好好對我道歉過。所以，現在芝已經是個值得信任的最佳拍檔。

只是就算這樣，我這個膽小鬼還是在隱藏真正的自己。我忍不住會害怕一旦表露出這樣的自己，是不是又會被討厭。可是，芝卻……

「畢竟那個時候，小桑的個性突然變了。大家都不放在心上，但我一直覺得不對勁……想說搞不好就是我害得小桑到現在還會覺得在大家面前必須堅強，太勉強自己……」

「我、我可沒有勉強自己！而且你也知道，我已經沒把當時的事情放在心上了！」
「嗯，你這麼說我是很高興，可是也不能因為這樣，我就一直依賴你的善意。還有，這句話由我來說也不太對，但這可是你的壞習慣啊。不要什麼都自己一個人扛起來啦。」
「唔！這……是我不好。」
就是說啊……既然棒球是團隊運動，就不可能什麼都靠一個人做。
搞不好芝也是因為這件事，今天才會來陪我練習？
因為想和我一起揹起我的問題……
「不用道歉啦。而且我說這話也沒在管自己有沒有資格說。」
……可以吧？我可以……信任你吧？
「的、的確是啊！要不是當初你霸凌我，就什麼問題都不會有了！你這卑鄙小人！」
這種話，過去的我絕對說不出口。可是，我卯足了僅有的勇氣說了出來。因為我覺得如果現在不踏出這一步，就再也沒辦法前進。應該……不要緊吧？
「你腳都在發抖啦。不要自己講這種話還嚇得皮皮挫好不好，你這膽小鬼。」
芝聳聳肩笑了。你……這是什麼裝傻的怪表情啦。
「「……噗！啊哈哈哈哈哈！」」
我和芝再也忍不住，噗嗤一聲，相視大笑。
……原來不要緊啊。就算我是個膽小鬼也不要緊……

「我～～還～～沒～～說～～完～～」

Anemone 鼓起臉頰說話。

我和芝兩個人忍不住談得很深入，似乎讓她看不順眼了。

「……啊，抱歉，Anemone……所以，小桑是個膽小鬼，和妳要說的話有什麼關係？」

「喂喂！不要這樣一直叫我膽小鬼！會很受傷啦！」

我嘴上這麼說，卻覺得心中已經放下那沉重的負擔。真沒想到我一直壓在心裡的東西可以這麼簡單地清掉。謝啦，芝。還有……Anemone。

「呃，太陽同學忍不住玩起傳接球了。」

「「傳接球？」」

我和芝兩人都聽不懂 Anemone 這句話的意思，異口同聲地歪頭反問。

「對。你忍不住客氣起來，想讓芝喵能穩穩地接到球。這大概不只是膽小，也是因為體貼……可是，這樣不行吧？我們不是才剛聊過？太陽同學，投手是為了什麼目的投球呢？」

「為了讓對方失敗……是嗎？」

「對極了。所以，我們就先讓芝喵失敗吧。投個讓他絕對接不住的球，然後跟我一起嘲笑他吧。」

「不，芝是自己人，投出讓他失敗的球實在……」

「要練到接得住這種球，應該是練習的第二階段吧？」

Anemone說得沒錯……而且聽她這麼一說，我也的確想到很多地方都說得通。

例如說，地區大賽的決賽……當時，我根本沒把芝接不接得到我的球這回事放在心上，我就只是相信……相信憑他一定接得到，單純為了勝利而全力投球。正因為這樣，那還沒練成的球才會對特正管用。

可是，最近練習時就不是這樣。我想著要好好投，要好好讓芝接得到……我投球時滿腦子都是這樣的念頭。因此才練不好的可能性……不是零。

「是破曉的天空啊。」

「太陽同學你怎麼啦？突然開始耍帥。」

「小桑，我都不知道你會講這麼老套的台詞……」

我的話讓Anemone和芝都覺得不解，但我一點都沒放在心上。

一道光射下來，照亮了在黑暗中徘徊的我。行得通……現在的我投得出來！

「我只是老實把現在的心情說出來……好～～！芝！不好意思，接下來就要讓你丟人現眼，你可要認命啊！」

「我不喜歡被人嘲笑……不管來的是什麼樣的球，我都會接住。」

芝的話裡沒有虛假，他是認真的。話裡蘊含著一股說什麼也要把球接住的心意。

他是在叫我相信他，是在和我一起揹負重擔。

「哈哈！話可是你說的。既然這樣，我們馬上再來練習！你要接好我的全力投球啊！要是接不到，看我怎麼瘋狂嘲笑你！」

「既然這樣，要是小桑又失敗，就看我怎麼瘋狂嘲笑你。」

我們一邊互開這樣的玩笑一邊再度開始練習，所以彼此拉開距離。

芝戴上面罩，朝我舉起手套。

我則為了投出那種球，用有點特殊的握法在手套裡握住了球。

然後，我身子扭轉得幾乎讓芝看得到我的背，全力投出球。

「……喝！……啊～～！」

「…………！喔？喔吼！」

我聽見的是芝有點傻呼呼的叫聲。芝想把我投出的球收進手套，但球的軌道變化超乎他的意料，從他往下挪的手套更下方擦過。

「咦！……球在哪？跑哪兒去了？」

球偏離軌道，往芝的胯下掉，在地面上彈跳了一次，就這麼從他的視野中消失，然後落向他背後的河。撲通一聲水聲在寧靜的河濱迴盪得清清楚楚。不用看也知道，掉進去的就是我投出的球。

「「「…………」」」

我們三人之間竄過一陣難以言喻的沉默。

至於再來是誰最先開口，那當然是……

「唉～～唉～～失敗啦。芝喵失敗啦。這樣不行喔～～這樣不行。嘻嘻。」

是一臉慧黠的 Anemone。

「喂喂，芝～～！很貴的硬球都掉進水裡啦！你要怎麼賠啊？唉～～！那可是有夠重要，超級貴的硬球耶～～！」

接著我也搭 Anemone 的便車。這幾句當然是騙人的。

球本身很重要沒錯，但我個人對這顆球倒不至於有什麼感情。

更重要的是，芝沒接到球，而投出這球的我自己也有著確切的感覺。

也就是說……我成功了！雖然還不能說是練成，但我的確成功了！

我投出了之前一直想練成的變化球…………指叉球！

「————！我該高興嗎！還是該懊惱！」

也是啦，當然會這樣了。畢竟你剛才耍帥成那樣，結果失敗了。

而且失敗時發出的聲音還是……

「芝喵，『喔吼！』是什麼？『喔吼』？跟我們說清楚嘛。嘻嘻。」

Anemone，不要講出來啦！畢竟我是忍著不提這件事耶。

「少、少囉唆！Anemone！我才沒有發出那種聲音！」

「真是的，不要那麼『喔吼』我們嘛。」

「～～～！小桑，我們繼續啦，繼續！」

Anemone 一臉慧黠的時候真的有夠難搞。

「哈哈！也對！那我們就開始幫芝練接球吧！」

「……唔！只是，開始練之前，我們先移動到那個鐵軌橋下吧！因為那邊有牆壁！啊！我只是為防萬一喔，這可不是因為我沒把握啊！只是為防萬一！為防萬一！」

芝急急忙忙縮著身體跑到橋下的模樣硬是很滑稽，讓我笑得停不下來。

可是，其實這也摻雜了點遮掩難為情的成分。

他知道我是個膽小鬼，接納我，真的讓我好高興……

真的是破曉的天空。一道光射下來，照亮了在黑暗中徘徊的我。

而點亮這道光的，無疑就是……

「公主必須好好幫助王子，畢竟我們要並肩作戰嘛。」

在我身旁露出慧黠笑容的……這個穿得鬆垮垮的公主。

我和芝練投球練得忘了時間，聽到 Anemone 說：「肚子好餓喔～～」才先停下來。

一看時間，已經下午兩點，也難怪 Anemone 會喊餓。所以現在我們三個人就坐在河濱的階梯上休息。

Anemone 說出「這是我滿懷真心準備的午餐」這句很少女的話，遞出大量的便利商店御飯糰時，我失望之餘卻也覺得這樣很有她的風格。

而且明明是已經吃慣的便利商店御飯糰，卻無疑比平常好吃多了。

「……是喔，太陽同學和芝喵都有妹妹啊？」

Anemone 在左右手之間拋著硬球玩，一邊說出這句話。

她所拿的，就是剛才芝漏接而掉進河裡的球。是 Anemone 趁我們練習時去撿回來，並說「這是我的了」，就這麼據為己有。

「太陽同學的妹妹也在打棒球嗎？」

「不，我妹妹練田徑！她是短跑選手！」

「你們真的是運動家族耶……芝喵的妹妹呢？」

「喔！要談我妹妹是吧！」

「嗯、嗯……對啊。」

Anemone 這一問，芝立刻一副就等妳問這句話的樣子，開始要賣力大聊。

他實在太興奮，弄得 Anemone 有點一頭霧水。

噢，他可不是在這麼短的時間內就喜歡上 Anemone，賣力想表現自己啊。他就只是……

「我妹妹真的是喔，可愛得不得了！她在練管樂！像她吹長笛的時候喔……啊啊！光是回想都覺得好惹人憐愛！」

戀妹情結的病情很嚴重……他本人豈止不隱瞞，還公開表示自己就是戀妹情結，可惜大多數人都會被他那有平常兩倍亢奮的高談闊論嚇到。坦白說，我一開始也是。

「哈哈！芝還是一樣那麼愛妹妹啊！」

「有什麼關係？又不會給人添麻煩。」

「好好喔。太陽同學還有芝喵，都和妹妹這麼要好……」

Anemone 是怎麼啦？怎麼好像眼神變得比剛剛落寞得多……該不會是 Anemone 也有哥哥，但是感情不好？

「啊～～Anemone，妳也——」

「我妹妹她喔，真的是棒透啦！要是她交到男朋友，我可能會忍不住在不至於害西木蔦高中被禁止出賽的範圍內動手……」

糟糕。我的發言被芝的亢奮蓋過去了。

「這真是太可怕了。太陽同學，不可以對芝喵的妹妹下手喔。」

「什麼！小桑，原來你是這種人嗎！」

Anemone 竟然來這招？那我也要還以顏色。

「哈哈！怎麼可能？我覺得你妹妹很可愛沒錯，但我已經有一個迷人的公主啊！要是我對你妹妹下手，就會被她罵啦！……Anemone，妳說是不是！」

「呀！哇哇哇……就、就是說啊……你已經有一個很迷人的公主……」

Anemone 還是老樣子，很不習慣被人捉弄，紅著臉這麼回答。

我也不是只會任由妳捉弄。

「是喔？沒想到Anemone也有這樣很純情的一面耶。」

「啊，沒想到？什麼叫沒想到？很沒禮貌耶。真是的。」

不知不覺間，芝和Anemone已經打成一片。芝這個人本性很正經，所以我本來還擔心要是他跟Anemone處不來該怎麼辦才好，但看來是我杞人憂天了。

豈止不會處不來，我看大概還相當中意她。

「……好！我決定了！……Anemone，妳今天來，就是想看我們練習沒錯吧？」

「嗯，對啊，芝喵。」

「既然這樣，從明天起，妳就來當我們棒球隊的臨時經理吧！我們會為妳準備一個最棒的位子，讓妳可以在特等席看我們練球！」

「咦？真的嗎？」

這句發言可超出我的預測太多啦。

「芝，你沒頭沒腦說什麼鬼——」

「我正想要多一個新的球隊經理啊！你也知道，我們棒球隊只有一個經理，很多事情只有交給她一個人包辦，不是嗎？」

也是啦，這我同意。雖然蒲公英傻傻的像是都沒放在心上，努力做事，但這些工作對她造成的負擔相當大。所以如果能減輕她的負擔，當然是最好。

「理由當然不是只有這個！我們是真心想拿下今年甲子園的冠軍！就是多虧 Anemone 的建議，小桑的指叉球才接近完成，而且我覺得有她在就很靠得住！對其他球員也一樣，只要 Anemone 看了以後有什麼想法，無論多小的事情都沒關係，希望妳儘管講出來！」

原來如此。也就是說，有些整天泡在棒球裡的我們反而不會發現的事情，Anemone 就有可能發現是吧？可是，臨時經理實在不妥吧？

「呃，芝，這再怎麼說也……」

「安啦！我會告訴大家要是敢對 Anemone 下手，有個很可怕的王子就會生氣，所以不會發生你擔心的那種情形啦！」

「不、不是啦！那種事我一點都不……」

「太陽同學，你眼睛在亂飄了。」

「少囉唆！Anemone 妳先不要說話！」

「哇，這王子有吼人來掩飾害羞的習慣耶。」

就叫妳不要說話了！我擔心的真的不是這件事啦！

「說服大家的工作就包在我和小桑身上吧！我們會好好搞定！」

就說我反對了！你聽我講好不好……

「不是啦！增加棒球隊經理這件事本身完全沒關係！畢竟芝說得沒錯，現在我們只有一個經理，人手的確不夠！可是啊，找外校的人來當經理，再怎麼說都……」

「我要出題了。實現公主的願望是誰的工作呢？」

「唔！是……那個……」

「好～～要保養器材、整理運動場，準備為防萬一的急救用品……還有，洗球衣。接下來要忙起來了～～」

明明還沒得到許可，這女的為什麼已經擺出一臉自己是經理的樣子了……

「好！就交給妳啦！……對吧！小桑！」

「呃、呃……」

「哼哼，儘管包在他身上。」

又給我亂答話……看樣子明天練習前可有得辛苦了……

「那明天我們得馬上跟大家解釋才行。噢，如果有什麼不明白的地方，可以問我們球隊經理……她叫蒲公英，只要問她，她什麼都會教妳！她傻傻的，三兩下就會得意忘形，只要誇她兩句，馬上就可以把她玩弄在手掌心！」

芝，原來你是這樣看待蒲公英啊……豈不是跟我完全一樣嗎？

「當然，問我和小桑……或是問其他球員也都沒關係！」

「太棒了，真是無微不至耶。這才是當公主最美妙的滋味。」

唉……我本來只打算讓她偷偷參觀耶。

「太陽同學也請多關照嘍。」

「……只像上次那樣偷偷參觀也可以吧……」

「咦？你的占有慾又跑出來了嗎？」

火大。

「啊啊啊啊啊！好啦，知道了啦！我去幫妳把事情談好！喂，Anemone！我話先說在前面，我可是西木蔦的王牌！這點小小的願望，看我輕輕鬆鬆幫妳搞定！」

「真靠得住。你果然是我的王子呢。」

真是的，我也不能只顧著笑蒲公英。

因為就在剛剛，被誇個兩句就得意忘形，被 Anemone 玩弄在手掌心的不是別人，就是我自己啊……

當太陽西下，天色漸漸變暗，我們也結束了今天的練習。

芝騎腳踏車來，我和 Anemone 則是搭電車，所以兩個人一起去車站……然而，我們要搭的電車方向相反，頂多只能一起走到驗票閘口。

Anemone 站在對面月台，一直到搭上電車前都誇張地對我用力揮手，我還想說她都不會難為情嗎，但我早就知道她不是會在意這種事情的人。

我目送 Anemone 搭上電車離開後，在月台上等車。

「唉……」

真沒想到會搞得從明天起就要讓 Anemone 進我們棒球隊當臨時經理啊……芝自信滿滿地說會好好說服大家，但要不要緊啊？

如果發生什麼糾紛……Anemone 那種個性，肯定又會說：「這不是王子該做的事嗎？」給我出難題，要我解決……可是，看到她表情那麼雀躍，實在會想幫她實現願望啊。

而且，把之前一直陷入瓶頸的我往前推了一步的，無疑就是 Anemone。

既然這樣，就得好好報恩才行。

Anemone 真是個不可思議的女生。搞不好她其實不是人，是從成就樹蹦出來的精靈，或是勝利女神之類的？

可不是嗎？畢竟她就這麼突然跳出來，實現了我的願望耶。

……可是，勝利女神這麼會把人搞得七葷八素，真的好嗎？算了，別計較了。

「事情竟然會弄成這樣，還真是世事難料啊。」

我忍不住自言自語。

呼～～……從明天起就會變得更忙啦。首先──

「你說得確實沒錯，事情竟然會弄成這樣，真的是世事難料啊。」

「……咦？」

「呀喝！大賀太陽同學！」

「……啥？……啥啊！」

不會吧！為、為什麼這個人會找我說話！

「你、你是……」

突然站到我身旁對我說話的，是個男生。

他理著短短的一分頭，身高大概一八五公分，比我高了點，臉上掛著軟綿綿的傻笑……可是，我不能被這個模樣騙了。朝他左手一瞥，可以看出小指正下方長了繭。

我是第一次見到這個人。也就是說，對方也是第一次見到我。

但我還是知道這個人。不，說全國有在打棒球的高中生都知道他也不為過，反而是對方竟然知道我的名字才教人吃驚。

畢竟他可是……

「在名校桑佛高中，背號四號的……」

「哦？你知道我啊？哎呀，好高興啊～～！」

那還用說，當然知道了。這個人上過好幾次電視特別節目啊。

「地區大賽的決賽看得我嚇了一跳耶～～真沒想到你們竟然打贏唐菖蒲！你和捕手芝，還有右外野的屈木同學跟游擊手樋口同學，這幾位到了明年，就算在我們學校大概也能打上主力吧？只不過屈木同學和樋口同學已經是三年級生就是了！」

這個人為什麼會在這裡？

桑佛高中是鄰縣的高中，距離沒有遠到來不了，這我知道。

但是，現在可是甲子園即將開賽的重要時期耶，為什麼會在這種時候……

「尤其你的投球相當棘手。我要打出安打，大概也會費一番工夫吧！」

「——！能讓你這麼說，是我的榮幸……」

要打出安打會費一番工夫……也就是說，他有把握喔？……有把握把我的球打出安打。

他若無其事的笑容所蘊含的那種壓倒性的自信，彷彿一把揪住了我的心臟。

……好可怕。我想當場拔腿就跑。

可是，我是「小桑」。哪怕我其實是個膽小鬼，我也不能拔腿就跑。

「你找我就為了講這個？」

「哎呀，惹你不高興啦？因為我嘻皮笑臉是吧。」

也就是說，你根本沒在反省。這個人實在令人無從捉摸。

「算了，其實我當然是有別的正事啦～～」

我想也是。不可能就為了閒聊特地跑來這種地方。

「其實我在河濱就打算叫你，但看到你和芝同學那麼開心，想說不方便潑你們冷水，就等到了現在。那麼，哥哥我就開始多管閒事吧。」

從在河濱時就在看？多管閒事？這個人到底在說什麼……

「勸你最好別再跟那個女生扯上關係。」

「…………！」

我全身汗毛直豎。他口中的那個女生……我只想得到一個人。

不對，不要先入為主，還不確定對方指的就是她。

「你、你說那個女生，指的是誰呢？」

「你不知道？……就是在河濱和你還有芝同學在一起的……那個女生啊。」

果然是這樣啊……

為什麼偏偏高中棒球最強隊伍的最強打者會和突然從樹上掉下來的不可思議的女孩有關聯啊？不可能有這種事吧……

「Anemone……是嗎？」

「哦……你是這樣叫她啊……」

你對一切都心灰意冷似的表情是怎樣啦？

這個人和 Anemone 之間到底發生了什麼事？

「對、對你來說，Anemone 是……」

「是這世上最重要的人…………曾經是。」

「曾經？」

「對！只是我太一廂情願表達我的心意，大概造成她的困擾了吧～～……雖然都已經是往事了。」

「你會這麼說，果然就表示你是——」

「還好啦，就是情形有點複雜。我不想把你牽扯進無謂的麻煩裡，這可是我滿懷好心的特別優待！所以……希望你不要再跟她扯上關係。」

我聽得莫名其妙。可是，看得出他並不是在說謊。

然而，我還是……

「既然不知道情形，我就不能輕易點頭。而且我也沒問過她本人的意思。」

不要。以後我也要繼續跟 Anemone 在一起。

沒頭沒腦地跑來叫我別再跟她扯上關係，我哪能就這麼點頭說：「好的，我明白了。」

「知道情形的話，你就會輕易點頭？」

「我想大概只會增加搖頭的理由吧。」

我不帶絲毫猶豫就這麼回答……我沒有根據。但是，無論有什麼樣的苦衷，我都相信 Anemone。就是因為我有這個把握才會說出這句話。

「這可傷腦筋啦～你這樣挺她，最後受傷的可是你自己喔。」

「請問這話怎麼說？」

為什麼挺 Anemone，受傷的會是我啦……

「……她總有一天會從你面前『消失』。畢竟……她是冒牌貨。」

「我聽不懂。」

「我想也是啊……」

他再度露出心灰意冷的笑容。

……不對勁。我所知道的桑佛高中四號，不是這樣的人。

今年春天……他們在甲子園奪冠後的訪談中，他的眼神更加明亮清澈，讓看的人都能感受到他真的很喜歡棒球。

是個跑、攻、守三項全能，找不到半點缺點的選手，全國少年球員尊敬的目標。

我當然也是尊敬他的高中球員之一。

雖然我們類型不同，但我一直想當像他這樣的選手。

這樣的人，為什麼會有這種徹底陷入絕望似的渾濁眼神？

「看來沒辦法啊……嗯，我很清楚你不打算退讓了。可是，我也不能因此就退讓。也就是說，我跟你是敵人。」

「你和我從一開始就是敵人。」

「說得也是。毀掉別人的夢，實現自己的夢。我們就是這樣打進甲子園的……就只是繼續打下去而已，是吧？那麼，這次我要毀掉你的夢了。」

「你可別說出這種話卻在碰到我們之前就輸掉啊。」

「我們怎麼可能輸？我們對甲子園的抱負和決心，與其他高中不是同一個等級耶。我必

須在今年甲子園拿到冠軍，除掉她……因為我終究辦不到，無論怎麼說服自己『要肯定』，心裡還是會抗拒。也就是說，我只能順從自己的心意了。」

「你講這一大堆到底在講什——」

「啊，電車來啦。那我走啦，大賀同學，我們到甲子園再繼續！」

桑佛高中的四號球員說完這句話，就從月台的階梯走下去。

Anemone……妳到底有什麼苦衷？

妳跟他有關的確讓我嚇了一跳，但更令我嚇到的是……說妳會「消失」是怎樣？

我問了，妳就會說嗎？

還是說，妳又會像平常那樣露出慧黠的表情「嘻嘻」笑個兩聲？

電車的門在我眼前打開，大群下班的上班族下車，紛紛走到月台。看到他們精疲力盡的表情就讓我慶幸自己還是學生。

我忍不住想著這些念頭，結果電車門關上，把我留在月台上，自行開走了。

電車丟下發呆的我，準時開走了。

無論我多麼想留在月台上，電車還是會前進，絕對不會停住。

一想到這裡，就覺得有那麼點落寞……

打不開的智慧型手機

西木蔦高中的晨間練習時間是從早上六點三十分開始。
在這之前，照規矩各社團都要在自己的社辦做好準備，然後到運動場上集合。
所以我的上學時間差不多都在早上六點左右。大約在這個時間來到學校，將制服換成球衣，在運動場上拉拉筋，為社團活動做好準備。但今天在開始活動之前，還多了一件有點特殊的事情要做。
「但願一切順利啊……」
早上五點四十五分。我待在距離西木蔦高中大約十公尺的停車場。
然後，我從這裡看了看校門前的情形。
「啊～～……果然在啊……」
有如衛兵矗立在那兒的人猿……咳，我是說人物……是庄本（猩猩）老師。
本來暑假期間教師沒有必要站在校門前，但自從我們確定打進甲子園以來，猩猩就以「說不定會有外校學生溜進來！」為由，自告奮勇在暑假期間來到校門前站衛兵。而且，還這麼早就來。
我並不是有意見，反而比較感謝他為了我們做到這個地步……只是呢，只有今天，實在希望他可以不要站在這裡。

畢竟我和「某些人物」約好了在這停車場碰頭。

而且如果可以，我希望不要讓其中一個人撞見猩猩。

「小桑，早啊……猩猩在吧？」

晚我一步來到停車場的，是講好要碰頭的人物之一……芝。

他今天和昨天不一樣，穿的不是球衣而是制服……我也一樣就是了。

「早啊，芝。很遺憾，他穩穩守在那邊。」

「嘖，只有今天萬萬不希望他在啊。」

不愧是好搭檔，說出的感想跟我一模一樣。

……可是，這個結果讓我有點意外。我本來以為第一個來到這裡的不會是我，也不會是芝，而是昨天也在早得反常的時間就去赴約的她呢。

「咦？Anemone 還沒來嗎？」

「對啊，我第一個來。」

芝說出了我預測會最早來的人物名字。

沒錯，我所謂今天要做的一件有點特殊的事情，就是要讓 Anemone 參加棒球隊，擔任臨時經理。

就是為了這件事，我們才會先約在這個西木蔦高中外不遠處的停車場碰頭。

碰頭地點不約在校門口的理由，當然就是猩猩。

Anemone 有躲過猩猩耳目溜進我們學校的前科。

即使有我們陪著，我也不覺得猩猩會這麼容易就放有這種前科的她進校門。所以，我們打算先在停車場集合，然後所有人一起前往校門。

要如何對付猩猩，我當然也已經想好了對策。我是覺得只要照計畫進行，算是不會有太大的問題，可是……當事人自己還沒出現就是有點令人煩惱的重點所在了。

「真是的，最想當經理的人沒來，這是怎麼回事啦……」

「小桑你先別急。這麼大清早的，對女生來說可能有點殘忍吧。」

芝，可沒這回事啊。畢竟她是個約好九點碰頭，卻大清早六點就出現的傢伙啊……不過不管怎麼說，我得以洗刷昨天的汙名也就別計較了吧。

等 Anemone 來了，看我怎麼回敬她一句「很慢耶」……

「…………很慢耶。」

約好碰頭的時間早就過了，可是當事人自己卻沒來。

虧我還以為她是個會比約好的時間提早到的傢伙，到底搞什麼鬼？

趕快來啊……為什麼偏偏在今天……

「小桑，這不像你啊。約好的時間的確過了，但才過了五分鐘，別那麼不耐煩啦……」

「唔！我、我知道啦……」

換作平常，我不會因為這點小事就煩躁。但對象換成Anemone，我就是管不住自己。

原來我是個心胸這麼狹窄的傢伙啊，虧我以為自己要來得更寬容一點……

唉……早知道會這樣，就應該好好問出她的聯絡方式。這樣一來……

「對、對不起喔。你們果然先來啦……」

聽到這句話的瞬間，我的心臟亢奮得像要跳出來。

錯不了！這個嗓音是……

「啊！Anemone！」

「早啊，芝喵。還有，對不起，我遲到了。」

「沒關係沒關係，完全在容許範圍內。」

一抬起低下的頭就看到一個留著長直髮，還在頭側綁了個小馬尾的女生。身上穿的是我們學校那鬆垮垮的體育服……是Anemone。

昨天在河濱沾到的髒汙都不見了，想來大概是趁晚上洗乾淨的吧。

「那個，太陽同學……你在生氣嗎？」

妳露出這麼過意不去的表情，我哪還能說什麼？

「我的表情看起來像在生氣嗎？」

我一邊按捺胸口洋溢的情緒，一邊盡可能冷靜地這麼說。

……不行，我的嘴角就是會忍不住放鬆。

「不會，看起來像是能見到我覺得很開心。」

「三十分。」

「哎呀，好嚴格。」

再加七十分所以是一百分滿分，只是我不會告訴妳。總之妳有來真是太好了……

「不是生氣，而是為我放心……太陽同學果然好體貼，不愧是我的王子。」

「……誇我也不會有什麼好處。」

「不會的，太陽同學都有好好露出笑容。」

不要多嘴，這種事我早就知道了。

「小桑也沒生氣，妳不用那麼放在心上啦，Anemone。妳也知道，這也是因為我們的集合時間太早了！」

「不會，時間沒問題的，芝喵……只是，我家裡出了點問題。」

「問題？……啊，該不會是家人攔下妳，問妳：『這麼一大早的要去哪裡？』」

「啊～～……嗯，差不多就是這樣。」

「原來如此啊！妳的家人會有這種心情，我可以體會！要是我妹妹這麼大清早就要出門，我也一定會問她理由！問得清清楚楚！」

「啊哈哈……芝喵今天也是狀況絕佳。」

Anemone，妳怎麼啦？露出這種表情。妳明明在笑，可是看起來一點也不開心嘛。

「…………」

——勸你最好別再跟那個女生扯上關係。

冷不防浮現在我腦海的，是桑佛高中四號昨天所說的話。

拿我和他之間說的話來問 Anemone 會不會有問題呢？呃，可是……

「啊啊啊啊啊！妳就是上次那個！妳為什麼穿著我們學校的體育服！」

不妙！我還以為離遠一點就沒事，結果還是被猩猩找到了！

真沒料到他竟然還特地從校門口走到這邊！

這可傷腦筋了……對猩猩的對策都還沒準備就緒……

「上次我也說過！我們學校正處於很關鍵的時期，不可以自己跑進來！」

「呀！啊，呃，那個……太陽同學，救我。」

Anemone 被猩猩咄咄逼人的態度震懾住，急忙躲到我背後。

背上突然一緊的感覺多半是來自 Anemone 抓住我的制服吧。

……好！看我怎麼處理這件事！

「……嗯？這不是大賀，還有芝嗎？怎麼，你們認識她？」

「啊～呃……是！就是這樣！其實，我是打算從今天起就請她當志工，來我們棒球隊當經理！」

「經理～？」

猩猩的頭歪得非常用力。

「就是這樣！老師也知道！甲子園就快開打了，可是我們棒球隊人手不足啊，尤其經理只有一個人！所以我想請她……」

「你已經取得棒球隊指導老師、教練，還有隊長屈木的許可了嗎？」

「唔！這……算是有。」

「算是，是吧……」

猩猩以尖銳的目光瞪著我，實在不像是相信我的說法。

「我說大賀，你和芝在今年地區大賽的決賽上都很活躍，這我很清楚。所以，你們有什麼要求，我也多少會通融……可是，這件事不行。你們聽好了，除了我們學校的相關人士以外，還有很多人想參觀棒球隊，這你知道嗎？」

「我、我知道的。可是——」

「一旦答應讓她參加，就會湧來很多人也要求比照辦理，說不定會搞得你們根本沒辦法專心練球……而且，搞不好她是別校的間諜，這也不是不可能吧？當然我也知道機率相當低，但不是零啊。」

「Anemone 不會是間諜！對吧，小桑！」

芝立刻否定猩猩的話，但我無法這麼確定。

如果是昨天的我……還沒見過那個人的我應該敢否定。可是，現在不一樣。

Anemone幾乎確定和桑佛高中棒球隊有關。

猩猩說中她真實身分的可能性確實存在……

「……太陽同學。」

Anemone收起平常的開朗，以不安的視線擔心地看著我。

好遜。都被選為王子，卻根本保護不了公主嘛。

……沒辦法，我也不想引起無謂的糾紛，這個時候還是乖乖死心……

「庄本老師，大賀和芝怎麼了嗎？」

把一切都託付給隊長吧。這下應付猩猩的對策才總算準備就緒啦。

「喔喔！是屈木啊！你來得正好！你也說說他們兩個！」

「是喔……我要說什麼才好呢？」

「那邊那個女生……是外校的學生，但是大賀和芝說要讓她當棒球隊的經理，參加你們的社團活動。這件事你聽說了嗎？」

「……唔。」

屈木學長稍微彎下腰，盯著從我背後露出一點點臉的Anemone。

大概是因為被屈木學長這個身高一九五公分的巨漢逼近，Anemone全身一震的感覺從抓住我制服的手傳了過來。看到Anemone這樣，屈木學長他……

「妳就是他們說的臨時經理嗎！哈哈哈！從今天起就要麻煩妳了！」

他露出豪邁的笑容這麼說。

「咦？啊，好的。」

Anemone 睜大眼睛，連連眨眼。

「屈、屈木……這件事你都知道了？」

「那當然了，庄本老師！」

我話先說在前面，這可絕對不是我和屈木學長先串通好。

這正是我準備的猩猩對策。所謂準備完成，指的就是屈木學長的登場。

我昨天就先聯絡了屈木學長，拜託他讓 Anemone 參加棒球隊，擔任球隊經理。此外，猩猩也可能不准 Anemone 入校，所以還拜託他到時候幫我們一把。也就是說，屈木學長正是約好在這裡碰頭的「某些人物」當中的「關鍵人物」。

要說有什麼事情出乎意料，就是我萬萬沒想到我們的隊長沒能在講好的碰頭時間趕到，還比 Anemone 遲到更久……不過這就別計較了吧。

「聽他們說，就是她陪小桑……啊，失禮了，我是聽說她陪大賀練習時做出的建議非常適切而且有效，所以想說既然如此，就務必要請她擔任我們球隊的臨時經理，對其他隊員也給些建議！沒錯吧，大賀、芝？」

「是啊！」

「是！因為小桑那種球路就是多虧了她，才幾乎已經練成！」

屈木學長說完，我和芝都立刻點頭稱是。然而猩猩似乎還不能接受，露出有點嚴峻的表情，來回瞪著屈木學長和 Anemone。

「可是，指導老師和教練的許可……」

「這部分也請老師不用擔心！我昨天晚上就事先徵求過他們的同意了！」

屈木學長，原來你幫了我們這麼多……

「我認為如果有可能在甲子園奪冠，不管是什麼事，能做的事情最好全都去做，所以即使她是外校學生，只要願意幫助我們，我就會全力歡迎！這就是我作為隊長的方針！」

「唔唔……！是嗎？我明白了……那就破例……這真的是破例，許可她入校吧。只是！如果她做出什麼可疑的舉動，就要馬上跟我報告！知道嗎？」

看到猩猩一臉任誰都看得出很懊惱的表情，讓我心中微微產生了罪惡感。

因為猩猩並不是討厭我們，反而是為我們著想才會自願扮黑臉……

「我明白了！……那麼，我們還要練習，就先離開了！我們走了，小桑、芝，還有……Anemone！」

「啊，我的名字。」

「嗯！我當然知道！我是屈木！先跟妳說，這不是唸作『Kuchiki』，是『Kutsuki』！常有人跟我抱怨這姓氏不好唸！妳可能已經知道，我是西木蔦高中棒球隊的隊長！」

「哇，謝謝你……餅乾學長。」

「餅乾是吧！這還是第一次有人這麼叫我啊！哈哈哈！」（註：「屈木」的讀音與餅乾的日文「クッキー」接近）

屈木學長笑得豪邁，Anemone以比平常乖巧一些的模樣向他行禮。

順便告訴各位，這個綽號未免太可愛，和屈木學長的形象根本不搭。

「……不過坦白說，妳能不能參加我們棒球隊，其實還沒正式決定！所以，妳先別太早放心！」

也是啦，就是會這樣啊。所以我也只對猩猩說「算是」取得了許可。

「咦？是這樣嗎……？」

「哈哈哈！別怕成這樣！一切就看小桑之後的表現了！沒錯吧？」

「是！我會好好遵守約定！」

我強而有力地點頭回答屈木學長問的話。

不用擔心，Anemone。這種不安的表情不適合妳。

「嘻嘻。果然拯救公主的還是王子啊。」

「那還用說？」

畢竟剛才被妳看到了很遜的樣子，接下來就是洗刷汙名的時間了！

「好了，小桑！馬上就讓我見識見識吧！」

我們在社辦做完準備後，直接前往運動場。

本來在練球之前要先開會，然後照訓練菜單訓練，但今天在這之前，我有一件事要做。

站在打擊區的是屈木學長。

然後，芝朝著站在投手丘上的我舉起捕手手套。

「小桑，只要做跟昨天一樣的事情就好了，你可別怯場啊。」

「哈哈！芝，你別做出跟昨天一樣的事情啊。」

「唔！那、那還用說！」

我把想讓 Anemone 進球隊當經理的意思告知屈木學長後，他提出的條件就是要我露一手指叉球。

當然，只露一手是不行的，追加條件是要三振屈木學長。

只要成功達到條件，Anemone 就可以順利擔任球隊經理。

「喔？怎麼啦，小桑？一大早就跟屈木學長來一場男人的對決嗎？」

「穴江，不要動不動就插科打諢。」

其他隊員都還完全不知情。不知道 Anemone 要進棒球隊擔任經理，也不知道我已經練成指叉球。這兩件事都隱瞞不說是屈木學長的貼心安排，為的是萬一我投不出指叉球也不至於讓其他人失望。

「太陽同學、芝喵，加油～～！」

Anemone 穿著鬆垮垮的體育服，朝我和芝揮手……包在我身上。

「那麼，我要投了！屈木學長！」

「唔！隨時放馬過來！」

一大清早，觀眾就只有我們棒球隊的隊員。可是，我承受的緊張足以和比賽中匹敵……

坦白說，接下來我和屈木學長的這場對決是壓倒性地對我不利。

畢竟在正常的比賽中，打者不會知道投手要投哪種球。

但現在不一樣，屈木學長知道我要投指叉球。

真是的……要我在這種狀態下拿到三振，還真是很會塞難題給我。

不過，這不成問題。畢竟我崇拜的野茂英雄，人們可是這樣評論他的指叉球啊。

「……喝呀！」

「…………哼！唔？」

說即使知道他要投指叉球，也還是打不到。

「投得漂亮！」

芝的喊聲迴盪在運動場上，同時棒球隊員之間湧起了歡呼。

「喂喂，小桑！剛剛那球……是、是指叉球沒錯吧！我可沒聽說啊！你幾時練到可以投得這麼完美啦？」

「剛才那球可刁鑽了，竟然會下墜那麼多……屈木，下一球可不可以換我？」

棒球隊隊員七嘴八舌的吵鬧聲中，我朝站在一小段距離外的 Anemone 看了一眼。

結果就看到她甩著註冊商標的側邊小馬尾，對我露出滿面笑容。當我們視線一交會，她就不出聲，只動著嘴脣對我說：「好帥。」

「哈哈哈！樋口，你別催！還只是第一球好不好？小桑，下一球！剛才那球讓我知道落差了！下一球我會打到！」

「ＯＫ！那下一球…………」

接下來，我接連投了兩球指叉球。兩球都進了芝的捕手手套。

「……那麼，我們就開始開會吧……在這之前有一件事要跟大家報告！」

早上七點，屈木學長豪邁的嗓音響徹整個運動場。

會議會比原本晚個三十分鐘左右開始，是因為除了屈木學長以外，另有很多隊員也都想挑戰我的指叉球。

但幾乎所有隊員都是三振，唯一的例外是樋口學長。儘管打出的是個軟弱無力的滾地球，但仍用球棒打到了球。不愧是我們隊上打擊率最高的打者。

「其實今天我們棒球隊要迎接一位臨時經理！……可以請妳自我介紹一下嗎？」

「咦唷！經、經理？」

隊員們交頭接耳的聲浪中，反應比誰都過敏的就是蒲公英。

「呃，我是 Anemone，很榮幸從今天起參加棒球隊擔任經理，還請各位多多指教。」

在屈木學長的要求下，Anemone 踏上一步，對眾人一鞠躬。

「唔哇～～！有夠漂亮的啦！我是穴江！興趣是衝浪跟飛鏢！還有，撞球我也很拿手！請多指教啦，Anemone！」

「好的，請多指教。」

這不對吧？據我所知，穴江的興趣應該是漫畫、電玩，還有做塑膠模型，看樣子不知不覺間他已經培養出了很多很時髦的興趣。

——之後露出馬腳我可不管。

「Anemone……？本名是什麼呢？」

不妙！樋口學長這個問題……

「啊～～！不好意思，樋口學長！Anemone 似乎不太喜歡自己的名字！所以，如果大家可以不要太在意……」

「就算這樣，還是應該報上名字吧？只報上綽號就要參加球隊擔任經理未免太可疑了。不好意思，對這樣的同學我沒辦法相信，也沒辦法認同。」

樋口學長說完，好幾個隊員也連連點頭，把視線集中到 Anemone 身上。

NK

「好受矚目喔，太棒啦。」

這女的，都不知道我有多操心，給我悠哉地一臉開心的樣子……

她明知大家覺得她可疑卻還擺出這種態度，所以才難搞。

「所以，本名是？」

「那個……Anemone 的本名叫……」

怎麼辦？辦法姑且算是有，不過可以的話，我實在不想用。

「太陽同學，不用怕啦，說出我的本名又沒什麼。」

Anemone，不行啦。一旦知道妳的本名，大家可能就不會接受妳。所以，我絕對不能讓任何人知道……

「別、別這樣啦！大家想想，不都是這樣嗎？我覺得每個人都可以有一點自己的小祕密啊，樋口學長！例如，該怎麼說……」

「該怎麼說？」

對於以銳利的眼神瞪著我的樋口學長，我只有一個想法。

真的…………很對不起！

「例、例如……『希望千年才會有一個的美少女偶像當我將來的老婆』？」

這是之前我從 Anemone 那邊聽來的樋口學長對成就樹許的願。

「這！小、小桑！這……！」

學長大概作夢也沒想到我竟然會知道這件事。

我第一次看到樋口學長的表情這麼震驚。

「小桑，你說千年才會有一個的美少女怎麼了?記得這是指橋本環——」

「Sto～～～p！穴江！說、說得也是！是啊，就算不知道本名，知道綽號也就夠了！好的！Anemone從今天起就是我們球隊的臨時經理！這件事到此為止，其他人也知道了吧！我不接受反駁！」

其他隊員被樋口學長壓倒性的發狠震懾住，趕緊點頭。

連隊長屈木學長都驚慌地應聲：「喔、好……」

我非常過意不去，但這樣一來，隊員們似乎都認同了，應該不會有問題吧。

既然這樣，接下來就開始練球——

「我反對讓這個人當經理！唔哼～～！」

……我是很想開練啦，但也不能不理她啊。

蒲公英，妳是怎麼啦？看妳喘著粗氣瞪著Anemone。

「蒲公英，妳為什麼反對？」

「我才要問芝學長為什麼贊成呢！這麼重要的時期，有個外校的學生突然跑來說想當我們隊的經理！這樣的人也只會有一種圖謀吧！」

不妙。蒲公英難得尖銳地指出了盲點……

我認為事情不是這樣，但要說蒲公英懷疑的可能性是零——

「想也知道是覬覦我這個棒球隊偶像的地位！」

的確有可能是零啊。嗯，真的是零。千真萬確不可能，妳放心吧，蒲公英。

「……我這麼認真聽，真是白聽了。」

芝，別說出來，她自己可正經得不得了。

「請大家看看她！身材好，臉蛋又漂亮！讓這樣的人當經理，對我來說是棘手到了極點！唔哼～～！」

「啊啊，嗯……說得也是……」

蒲公英指著 Anemone 氣呼呼地抱怨，芝則一臉超級傻眼的表情。

至於被指責的 Anemone，豈止不怎麼放在心上，還直盯著我看。

「太陽同學也至少該稱讚我到這種程度吧？」

哪有可能？妳別得寸進尺。

「好！那麼，接下來我們就來討論今天的練習菜單吧！蒲公英，麻煩妳教 Anemone 經理該做的事情！」

「咦唷？屈、屈木學長！我還沒說完！而且，要我接受她當經理……」

「嗯！妳想說的我當然也明白！可是，從以前我就一直擔心球隊只有妳一個經理，會給妳太大的負擔！甲子園已經近在眼前，要是妳這個重要的成員出了什麼事，我們再怎麼懊惱都後悔莫及！妳能不能體會我這種心情呢？我們棒球隊的天使（Angel）……太可愛的蒲公英？」

不愧是隊長，很清楚要怎麼應付蒲公英。

「唔哼～～～！畢竟練習時間有限，身為棒球隊大天使（Archangel）又太超級可愛的我，實在不能鬧彆扭礙事啊……我明白了！都明白了！那我們走吧，Anemone 同學！話先說在前頭，我的指導可是很嚴格的！」

妳不甘願歸不甘願，都不會忘記吹捧自己耶……

「好的～～請多指教。」

「唔哼哼……妳也只有現在笑得出來了！……看我假借指導的名義百般刁難！這樣一來，妳一定就會自己知難而退！我才不會交出西木蔦偶像的寶座！」

「哇喔，有嚴格的指導等著 Anemone，Anemone 陷入危機了。」

蒲公英，圖謀不軌的時候講話要小聲點啊，全被 Anemone 聽到啦。

還有，我想妳沒發現，但妳那些沒營養的圖謀從來不曾成功過啊。

☀

早晨的練習先從所有人一起跑步開始。跑運動場十五圈。

誰能早點跑完就能多爭取到休息時間，所以大家都斟酌自己的體力，盡可能快點跑完。

「前進～～～！西木蔦～～！戰鬥～～！」

「「「「「「「戰鬥～～！」」」」」」」

屈木學長的喊聲宣告跑步開始。接著我們也出聲回應，開始跑步。至於這個時候經理該做的工作……

「那麼，第一件工作就是準備大家的飲料！來！我們要來準備運動飲料了！啊，不可以放太多粉末進去！」

說是要刁難，卻會好好教經理該做的工作，這就是蒲公英讓人沒辦法討厭的地方。畢竟說來說去她做事還是很認真。

「了解。那麼，先去裝水就可以了嗎？」

「不對啦～～！以前似乎都是用自來水，但從今年起，因為我實在太可愛，校方開始供應我們礦泉水！唔哼！」

這也說錯了。是因為我們去年得到打進地區大賽決賽的成績，校方才會供應這些。

「所以，我們要去社辦的冰箱拿冰得透心涼的礦泉水來！如果看到社辦髒了，就要順便打掃！明白了吧！」

「了解！」

「答得好！……唔哼哼，就讓她拿一大堆礦泉水，累得精疲力盡，給大家看到她狼狽的模樣吧！這樣一來我就大獲全勝了！」

看來她還是有搞些廉價的圖謀……不過大概會失敗吧。

十分鐘後。主力球員全都已經跑完，等於進入一段等其他隊員跑完的短暫休息時間，而我們身旁……

「吁～～！吁～～！請、請用……樋荀協長，這是印動飲料～～……」

「啊、嗯。謝啦…………蒲公英。」

累得精疲力盡，給大家看到狼狽樣的，卻是蒲公英。

「來，這是運動飲料，穴居。」

「呀喝～～！謝啦！Anemone！」

Anemone 則和蒲公英相反，活力充沛地把運動飲料交給穴江。

至於為什麼事情會弄成這樣，答案很簡單，因為蒲公英自己搞慘了自己。

蒲公英在搬礦泉水時，莫名逞強地說：「Anemone 同學只搬得動這麼一點嗎？我搬得動這麼多呢！唔嘰嘰！」於是一次搬了超大量的礦泉水來，結果就是累得體力透支，把自己搞成現在這副德行。

「為、為神馬偶下場會這麼慘……下醋……下醋一定～～……响响～～」

「妳還好嗎？看妳一次能搬那麼多來，我還覺得好厲害耶……」

「响响～～……素啊，Hahehohe 同協，我超厲害的……唔哼唔哼……這樣作戰就成功喇。我充分展現出我的威嚴了……癱。」

妳本來的目的跑哪去了？圖謀果然失敗了啊。

「對了對了！Anemone 有男朋友嗎？有的話我要哭了！」

「呃～～這個嘛……」

Anemone 不回答穴江問的問題，朝我瞥了一眼。

喂，妳擺這種問我「可以說嗎？」的表情是怎樣？別給我節外生——

「男朋友是沒有，但王子是已經有了耶。」

就叫妳別這樣了！Anemone 為什麼老愛把事情往麻煩的方向帶啦！

「妳、妳、妳說什麼～～！妳說的到底是誰……」

「哈哈哈！穴江，想也知道吧？你想想是誰帶 Anemone 來的？」

「……屈木學長，帶她來的，記得是……芝和小桑。芝……有戀妹情結，所以不可能……

所以是小桑嗎！」

「對極了。嘻嘻。」

還對極了咧。饒了我吧……

「小、小、小桑！虧我那麼相信你！相信你的女朋友是球！」

穴江，你這台詞跟某部足球漫畫也太像了吧。

「穴江，別擔心！雖然球不是我的女朋友，但 Anemone 也不是啊！」

我要冷靜啊。我只要告知事實就好，所以根本不必慌。

「……呼～～！這樣啊～～！那我就放心了。」

「哼～～無聊。」

穴江以誇張的動作輕舒一口氣，Anemone 則氣呼呼地鼓起臉頰。

他們兩人的反應對比這麼鮮明，還真有點意思。

「可是這麼說來，你們是什麼關係？」

「是什麼關係呀～～？」

Anemone，不要搭穴江的便車問我。

就算妳用這樣雀躍的眼神看著我，我也不知道妳期待的是什麼回答。

「呃～～就是啊……」

我和 Anemone 的關係啊……被這麼一問，還真傷腦筋啊。說朋友又覺得不太貼切。

可是，也不是男女朋友。這種時候該怎麼回……啊，對了。

「……是玩過傳接球的關係啊！」

「咦？什麼東西啊？」

「昨天，我和 Anemone 玩過傳接球！所以，這樣講最好懂！順便告訴你，從今天起，我們還是棒球隊員和球隊經理的關係！」

「原來如此！也就是說，跟朋友很像是吧！」

沒錯，跟朋友很像。跟朋友……很像。

「唔，被巧妙地逃避了。」
就算妳用這麼不滿的眼神看我，我也不會理妳啦。
「欸欸，Anemone！既然這樣，晚點也跟我玩一下傳接球嘛！只要找人借一下，馬上就弄得到棒球手套了！」
「哎呀？有人跟我說打棒球的人為了隨時因應手套壞掉的情形，都會帶著兩副耶。」
「哈哈！怎麼可能！這麼做的人是少數啦！照我看來，教妳的那個人其實從一開始就另有目的，準備了兩副，只是為了掩飾難為情才這麼說！」
「是喔～～是這樣啊～～這我可上了一課耶～～嘻嘻。」
又無謂地被她抓到把柄了……
「呼咿～～！呼咿～～！Anemone同學！不要只顧著說話，我們要工作了！接下來是擦球！要把大家用的球擦得亮晶晶的！」
這時蒲公英總算從體力透支的情形下復活，跑來叫Anemone。
妳來得正巧啊，其他隊員也差不多要跑完了。
「好，接下來經理也會好好努力嘍，太陽同學。」
「好。我們彼此加油吧，Anemone。」
「嘻嘻。王子難得率直又體貼了。」
有什麼辦法？被妳這麼開心地一笑，我也會想率直啊。

「啊，對了，Anemone，這事晚點再弄也行啦……」

「嗯？怎麼啦，太陽同學？」

Anemone 被我叫住，歪頭納悶。

好，我要說嘍？……我真的要說嘍？……不用怕，我又不是要問什麼大不了的事情。過去我也跟各式各樣的人問過一樣的問題啦，不就只是這樣嗎？

「呃。既然從今天起就要請妳擔任經理，說不定有時候會有急事要找妳吧？……所、所以，看是午休時間還是什麼時候，我想跟妳要個聯絡——」

「Anemone～～！晚點跟我玩傳接球嘛！我們說好了喔！」

「那當然了，穴居。」

「喔耶～～！還有，如果有空，等下次練習……請妳看一下我的八十公尺短跑！我跑步真的有夠快的！如果只看腳力，我可是全隊第一！」

「哇喔，真讓人期待，感覺好帥氣。」

我還沒說……算了，沒關係啦。

Anemone 都跟蒲公英去擦球了，我也趕快去練習吧。

「好～～！接下來的練習，我會好好表現給 Anemone 看！小桑！我現在熱血沸騰得不輸給你啊！」

「哈哈哈！真靠得住啊！可是，我也不會輸喔。」

「嘿嘿～～！別的練習項目我還不敢說，但是短跑可是我獨霸！」

那麼，結果又是如何呢？

後來，下一項練習——八十公尺短跑開始了。

五個人並排，信號一發就全力衝刺。等別人跑的時間就休息，輪到自己又全力衝刺，反覆循環。現在正好輪到我、穴江和芝，只是……

「吁～～！吁～～！這、這不是真的吧……我竟然會輸……」

「噗哈～～！穴、穴江……你還差得遠啦……吁～～！吁～～！」

「吁……吁……小桑，好快……」

結果是第一名我，第二名穴江，第三名芝。

也是啦，只要我拿出點真本事就是這樣。輕鬆獲勝。

「下、下一輪我們再比！下次我可不會輸！可惡啊～～！」

「吁～～！吁～～！嘿！好、好啊……！我接受你的挑戰！」

穴江咬牙切齒，我老神在在…………騙人的。坦白說，相當累。

「哈哈哈！好青春啊！」

「嗯……也好，這是好的傾向。」

在背後這樣看著我們的則是屈木學長和樋口學長。

怎麼一旦冷靜下來，就愈想愈覺得自己在做的事有夠難為情的……

對了，Anemone 她……

「欸欸，這樣呢？有亮晶晶嗎？」

「還差得遠了！要更仔細擦……妳看！這邊還是髒的！」

「啊，真的……比我想像中要難。」

她擦球擦得忘我，沒在看……呃……沒有啦，是沒什麼關係啦，也沒什麼……

「真是的！所以我才討厭收新的經理進來！」

蒲公英一邊氣呼呼地抱怨一邊擦球。她是一年級，又是女生，以往都很受寵，也許不太知道要怎麼教人。

「要擦這麼多球，好辛苦喔。蒲公英學姊平常都一個人擦嗎？」

「是啊！又沒有其他經理……唔？妳剛剛說什麼？」

不知道是不是 Anemone 說了什麼奇怪的話，蒲公英忽然有了反應。

「咦？就是問說是不是平常都一個人擦。」

「不對！更前面！」

「擦這麼多球，好辛苦喔。」

「回去太多了！後面一點！」

「呃～～……蒲公英學姊？」

「對！就是這個！」

蒲公英眼神發亮，朝 Anemone 一指。

「我第一次被叫學姊！國中時代都沒參加社團活動，所以這是初體驗！唔哼～～！」

「呃……這樣叫不行嗎？那我換個稱呼——」

「怎麼會不行！那個，可以再叫我一次嗎？我想再聽一次！」

「那……蒲公英學姊。」

「唔哼！唔哼哼哼！就是啊！我是學姊！所以，要好好照顧學妹！來，好好看我怎麼擦球！我來教妳怎麼有效率地把球擦乾淨！」

怎麼，沒想到一下子就打成一片啦，害我白擔心了。不過……嗯，太好了。

「太棒啦。那麼，Anemone 學妹會拚命讓學姊教的。」

「妳喔～～！真拿妳沒辦法！那我們一起努力擦球吧！」

「了解，蒲公英學姊。」

蒲公英高興地嬉鬧，Anemone 開心地擦球。

我看著她們兩個這樣，再度埋頭專心練習。

結束上午的練習後，時間來到中午，所以進入休息時間。每個人都一邊吃著各自準備的午餐一邊談笑。

待在我周圍的有Anemone、芝、蒲公英、穴江，還有屈木學長和樋口學長。

「Anemone學妹，這是便利商店的御飯糰吧？」

「嗯，是充滿真心的美乃滋海底雞口味，很好吃。」

這一說我才想到，昨天Anemone也是拿便利商店的御飯糰當午餐。

該不會是廚藝不太好？不過就算她女子力低也不奇怪……

「因為不方便用家裡的廚房，沒辦法準備便當。」

噢，是這麼回事啊。大概是因為集合時間提早很多，她擔心吵到家人才不下廚吧……也就是說，其實她會做菜？

將來有機會也是會想吃吃看啊……純粹是有興趣。真的只是出於興趣啦。

「唔……也許的確好吃，可是只吃這麼點東西，撐不過接下來繁忙的工作！所以，我這個做學姊的把便當分給妳！唔哼！」

說著蒲公英把自己的便當盒蓋翻過來遞給Anemone，然後把煎蛋卷跟漢堡排放上去。

「喔！蒲公英好善良啊！好～～！那我送炸雞塊！」

接著穴江從自己的便當提供炸雞塊。

「那我這肉丸給妳！」

「穴江和屈木都只給肉，這樣會營養不均衡吧……來，炒牛蒡絲給妳。」

「我給妳我妹妹做的雞肉丸子，裡面放得滿滿的青紫蘇最棒了。」

接著是屈木學長與樋口學長，還有芝，都分別送出自己的配菜。

這樣一來，視線自然會聚集到還沒給的我身上……

「來，Anemone！吃我這個吧！」

我提供了老媽做的小炸肉串。我若無其事把視線從 Anemone 身上移開，一邊凝視著蒲公英這個已經放滿大家給的配菜的便當盒蓋，一邊把炸肉串遞出去。

「哇，這便當好豪華。大家……謝謝你們。」

回過神來，Anemone 瞬間就和大家打成一片了。

起先還防著她的樋口學長看到她認真做好經理工作，似乎也肯定了她，現在很友善地對待她，其他隊員應該也已經不用多說。

「太陽同學，如何？Anemone 的豪華全餐看起來很好吃吧？還用大家的體貼提味喔。」

Anemone 自豪地把自己的便當拿給我看。

她強調自己想聽我讚美的時候會露出格外天真無邪的笑容，令我印象深刻。

「是啊，這菜單可以媲美法國料理全餐了。」

「我沒吃過你說的，所以不懂。」

「其實我也沒吃過。」

「唔……這種時候我希望你說的是『我帶妳去吃』耶。」

「好啊。那下次我就帶妳去吃，所以…………告訴我聯絡方式。」

「我的聯絡方式？」

嗯，順利把問題塞進對話當中了。幹得好啊，我。

剛才因為意料之外的突發狀況而沒能問到，這次倒是好好說出來了。

「啊，我也想知道！也告訴我嘛，Anemone！」

「我也想知道！也跟我說一下！唔哼哼哼！」

你們幾個太賊啦，不要搭便車順便問。

「該怎麼辦呢～嗯～～……」

Anemone 是怎麼啦？這麼抗拒……

我可是卯足了僅有的勇氣問出口，妳就告訴我嘛。

「Anemone 學妹，妳是怎麼啦？該不會是沒有手機之類的？」

蒲公英也對 Anemone 的情形感到好奇，歪頭納悶。

「呃……也不是說沒有手機……」

Anemone 說著從書包裡拿出智慧型手機。

看起來正經八百的開蓋式保護套，和 Anemone 的形象不太搭。

我還以為她會用更有玩心的保護套。

「呀喝！Anemone 的智慧型手機登場！那麼，請立刻告訴在下聯絡方式吧～～！」

喂，穴江，是我先問的，照順序……算了，順序應該沒差吧。

「真是的，穴居好會拗喔……不過，對不起喔。其實我沒辦法告訴大家聯絡方式。」

「妳、妳說什麼！這到底是為什麼？」

「其實，現在的我忘了手機的解鎖密碼……所以，我連自己的電話號碼都不知道。」

啥？這是怎樣？不是妳自己的手機嗎？

「唔哼！Anemone 學妹真是個冒失鬼！既然這樣，也沒辦法！可是可是，等妳想起來可要告訴我喔！」

「嗯，那當然……」

「我們說定了喔！說定了！唔哼哼哼！」

雖然現在要不到，但將來可以知道 Anemone 的聯絡方式似乎讓蒲公英開心得不得了，比平常還興奮。

可是，現在不方便可就傷腦筋了啊。畢竟為了因應緊急狀況，還是要知道聯絡方式……

「這樣的話，只要大家把自己的聯絡方式寫在這邊就可以了吧。」

說著撕下一頁筆記簿遞給我們的，是樋口學長。

「就算我們不知道 Anemone 的聯絡方式，只要她知道不就可以聯絡我們嗎？你們想，除了手機以外，也還有家裡的電話或是公用電話之類的。所以只要把大家的聯絡方式都寫在這紙上，就沒有問題。」

「喔喔！不愧是瑣碎男樋口學長！好主意！」

「你太多話了，穴江。來……大家趕快也寫一寫。」

樋口學長有點害臊地把紙放到我們幾個的正中央。

「ＯＫ～～！那麼，馬上就由我先來……」

「啊！穴江學長，這樣太賊了！我想第一個寫耶！唔哼～～！」

在樋口學長的催促下，我們各自把聯絡方式寫在紙上。

從上依序是樋口學長、穴江、蒲公英、屈木學長、我、芝。

不是最上面、最下面，也不是正中間，我的聯絡方式就記在這種不上不下的地方。

可是這樣一來，就隨時都可以接到 Anemone 的聯絡……嗯，多少放心了些。

「來，Anemone，這樣就沒問題了吧？」

Anemone 有點客氣地接下樋口學長遞給她的紙。

「……謝謝你，棕熊學長。」

「棕熊……我看屈木應該比我接近這個形象吧……」

姓樋口所以叫棕熊是吧？（註：棕熊的日文為「ひぐま」，與樋口「ひぐち」前兩字相同）樋口學長實在沒這麼粗獷耶。

「因為餅乾學長是餅乾學長。」

「哈哈哈！就是啊，樋口！我是餅乾！」

嗯，的確這位比較像棕熊，他豪邁又大隻。

「對了，說到餅乾，上次我妹妹做給我的餅乾真的好吃極了！那才真正是愛的結晶！還請大家務必聽我說！」

「喔喔！芝開始啦！好啊！就讓我們聽你講妹妹講個夠！」

芝的妹妹開關打開就表示會講很久。

怎麼樣啊，Anemone？這就是我們西木蔦高中棒球隊，是個很棒的球隊吧？

☀

「今天就到這裡！大家都表現得很好！」

當運動場漸漸染成橘紅色，屈木學長發出宣告今天練習到此結束的號令。似乎也是因為甲子園開賽日已經迫在眉睫，最近的練習比平常劇烈，結束後大家都精疲力盡。

……不，單純以今天來說，理由應該不只有這個。

大家多半都想表現給新加入的經理……表現給 Anemone 看。

「那麼接下來就是收拾時間！我去整理各種用具，請 Anemone 學妹去整平球場！就用這個，整理得乾乾淨淨吧！」

「了～～解，蒲公英學姊。」

Anemone 從蒲公英手中接過耙子去整平球場。今天的社團活動宣告結束。

並未發生什麼糾紛，順利結束這一天，讓我鬆了一口氣。

「喔！這不是小桑嗎！練習辛苦啦！今天你也很拚啊！」

「這不是花灑嗎！這種時間你怎麼會待在學校？」

在我鬆了一口氣的時間點跑來找我說話的是花灑。

暑假期間在學校碰到他，這樣的經驗有點稀奇。

「我來幫忙一下學生會的業務，順便繞去圖書室一趟，現在要回家了。」

「嗨，小桑，今天你也很努力練習呢！我也在為你加油喔！」

「小桑，辛苦了，甲子園要好好打喔。」

在花灑後接著出現的，是學生會長和圖書委員。

這兩個人，另外還有幾個也是啦，幾乎都只跟花灑在一起啊。

至於理由……也不必在這裡說吧。而且我也跟她們很要好。

要說有什麼煩惱，大概就是不知道為什麼，最近她們幾個看我的眼神變尖銳了。

那種視線簡直像在看競爭對手……為什麼？

「嗯，謝啦！我會在甲子園好好表現給你們看，儘管期待吧！」

「好的。比賽當天，我會在觀眾席和花灑同學一起加油。」

「……啥？妳要來甲子園喔？」

當圖書委員的女生說的這句話似乎令花灑大感意外，只見他瞪大了眼睛。

「那還用說，花灑同學都去加油了，我怎麼可能不去呢？」

「我、我當然也要去！我也一起喔，花灑同學。」

「是喔……」

啊～～……該怎麼說？總覺得再待下去，我就會礙事了。

「哈哈哈！謝謝你們大家啦！那麼，我還要收拾，先回去啦！」

「好，練習辛苦啦！」

「辛苦了。明天也要好好加油喔！」

「再見，小桑……哎呀？那個女生……」

就算是朋友，要是聊太久還是會惹樋口學長大發雷霆。

好了，我也去幫忙收拾……

「啊，對了！小桑，可以等我一下嗎？其實我有事要拜託你！」

我正要回去，學生會長就追了上來。

「拜託我？怎麼了？」

「可以麻煩你幫我把這個交給屈木同學嗎？為防萬一，我是想讓隊長知道加油團的甲子園行程。」

「好的！我明白了！」

「謝謝你！那我走了，再見！」

學生會長把文件交給我後，快步走向花灑與圖書委員。

她三年級，比我年長，但看著她雀躍的步伐就覺得明顯比屈木學長跟樋口學長稚氣，不過畢竟她是女生，就是不一樣啊。好，文件也拿到了，真的該過去了。

所以呢，當我一轉身……

「這裡公主正在打掃，你走過會讓公主傷腦筋。」

「…………」

不知不覺間，Anemone 已經站在那兒，拿耙子擋住我的去路。

「妳是怎麼了啦？」

「沒有啊。」

「……只是朋友啦。像這個，她也只是請我轉交給屈木學長。」

「我又沒問你什麼。」

「那妳的表情是怎樣啦？」

臉頰鼓得有夠誇張的好嗎？還真有點好玩。

「是放心和吃醋這兩種心情摻雜在一起，結果就脹起來了。」

什麼跟什麼啊？又講這種莫名其妙的話。

「你們聊得這麼開心很好啊，就不知道王子會怎麼賠我呢。」
我也有女生朋友，而且花灑不也在場嗎？
——我是很想這樣說，但她多半聽不進去，所以……
「我來幫妳。」
「唔。就這麼結清吧。嘻嘻。」
我也拿了耙子走到Anemone身旁，幫忙整平球場。
這下總算讓她變回平常的表情，讓我放下了心。
慧黠的笑容，讓人感覺不出今天一整天忙著做經理工作有讓她疲憊的笑容。
既然這樣，就這麼默默整平球場也沒意思，不如隨便聊聊……
「當經理第一天感想如何？」
「太陽同學短跑跑贏穴居的時候很帥氣喔。」
搞什麼，我還以為妳忙著擦球所以沒看，原來都看在眼裡啊……太棒啦。
「可是，你和餅乾學長對決，還有投球練習的時候更帥氣耶。太陽同學投球投得好開心，所以光看都覺得雀躍……啊，揮棒的時候也很帥氣喔，『咻磅！』這樣。」
「這、這真是我的榮幸……」
我是很高興啦……但被誇成這樣就很不好意思。凡事還是適度最好。
「……還有，謝謝你喔。」

「謝我什麼？」

「實現我的願望。太陽同學一定是成就樹的精靈吧。」

「這話怎麼說？」

「其實第一次遇到你的那天，我等你練習完的時候就在想：『我也想打進那個圈子，希望他們接納我。』結果就真的實現了，所以太陽同學是成就樹的精靈。」

「我應該是個再平凡不過的人類。」

「哎呀，好遺憾。」

真要說起來，我的願望也實現了。

那天其實我本來打算向成就樹許願：「希望可以練成指叉球。」結果雖然我願望沒許成，隔天卻已經練成了耶。

「……所以為了答謝你，不管你問什麼，我都會回答。」

「這提議真令人高興，因為我正好有幾件事想問。」

「嘻嘻。果然啊。」

全都被妳看穿了是吧。我看 Anemone 才真的是精靈吧？

不管怎麼說，她都答應了，我就問得深入一點。

「妳為什麼忘了手機的解鎖密碼？」

「……Anemone 是個冒失鬼。」

染成橘紅色的天空下，Anemone 說得格外達觀。

「我倒覺得這件事沒有小到可以講一句冒失就帶過啊。」

「重不重要因人而異嘛。重要的事情，我都有好好記住。」

「妳的意思是說手機的解鎖號碼不重要？」

「對！今天吃過的便當滋味比較重要，因為有夠好吃的。」

天真的笑容加上幸福的聲調。她沒有說謊，這我是明白，可是……

「妳也太全力活在當下了吧。」

「Anemone 是不回頭看過去的類型。」

「偶爾也回頭看一下吧，它都拚命從後面跟上了。」

「我的過去是兔子，跑得太拚命，所以現在要休息一下。」

童話的《龜兔賽跑》嗎？可是，那個故事……

「那個故事不是描寫兔子確信自己會贏，所以偷懶嗎？」

「我不這麼想耶。兔子一定是為了贏才那麼拚命，可是，牠搞錯努力的方向了，才會累得跑不動。就算這樣，牠最後還是跑到了終點。」

「所以妳想說的是，兔子總有一天又會跑起來？」

我這麼一問，Anemone 就微微點頭。

「嗯，恢復體力的兔子很厲害的。下次牠不會再弄錯方向，會好好努力，所以轉眼間就

會追過烏龜，愈跑愈遠，不停地跑下去。」
「依照那個童話，兔子是輸給烏龜啦。」
「那是因為終點太近了。如果終點在更遠的地方，你不覺得兔子一定會贏嗎？」
「也許吧……呃，我是覺得離題了啦。」
為什麼講手機解鎖密碼，會講到龜兔賽跑去啊？
明明是妳叫我問的。
「我是想說太陽同學大概差不多想問我更深入的話題了。」
原來如此啊。那手機的事就問到這裡，來談談另一件事吧。
「……他來見我了，叫我別跟妳扯上關係。」
「我知道。我聽他本人說了。」
哎，也是啦。都做到這個地步，對 Anemone 本人實在不可能完全不提。
「……太陽同學，你不要誤會喔。他是個非常善良的人，雖然有點胡鬧，其實非常純真、率直又善良。所以……」
為什麼被說得那麼難聽的妳卻要護著他？
「明明應該是由我來問我想問的事情，為什麼是妳自己在說話？」
「啊，對、對喔……對不起。」
不要這樣，不要乖乖道歉，就照妳平常的調調啊。

「那麼，太陽同學想怎麼樣呢？」

應該是指我想問什麼吧？

這種快被不安壓垮的表情可不適合妳啊。

「我想想。眼前呢……」

逼問她和他的關係？問清楚為什麼事情會弄成那樣？

不，我現在最該做的事情……

「今天收拾完以後，要不要去吃義大利菜？」

只有這個了。

「……咦？」

「要吃法國全餐會很吃緊，但如果是義大利菜，我今天就請得起公主，如何？」

我用力吞了口水之後說出這樣的話。

邀真的很不希望被拒絕的對象吃飯，比邀朋友吃飯要艱辛一百倍。

「…………嗯，我想吃。」

Anemone 停頓了一會兒後發出平靜的聲音回答。

「那就說定啦。」

太好了，沒被拒絕……真是太好了……！

「太棒啦，王子和公主要共進晚餐了。」

「不對。難得妳第一天當經理，我們來開宴會吧。」

「宴會？」

看到 Anemone 歪頭納悶，我微微露出剽悍的微笑。

然後我朝著還留在球場上的其他隊員……

「大家聽我說！今天要不要就兼作 Anemone 的歡迎會，一起去吃義大利菜？」

用響亮的聲音這麼大喊。

「喔喔！小桑，好主意！好啊好啊！我要去！」

「穴江，你也太開心了。可別吃太多啊，會影響今後的練習。雖然我也要參加啦。」

「ＯＫ……那我得跟妹妹說一聲。」

「哈哈哈！被小桑搶先啦！我本來打算邀她的耶！」

「唔哼哼哼！我當然也要參加！」

還留在運動場上的隊員回應我的話。

Anemone 似乎覺得有點意外，連連眨著眼睛看著我。

「真不像占有慾很強的太陽同學會做的事情。」

「我是配合認同慾很強的 Anemone。」

「你果然是我的王子。這宴會應該會很棒。」

現在還只要這樣就好，沒必要問更多。

Anemone是加入我們棒球隊的新伙伴，這樣不就好了嗎？

「可以順便問你最推薦的菜色嗎？」

Anemone顯得很雀躍。

她的表情讓人清楚看出她正針對接下來要吃的義大利菜發揮想像力。

「我想想，如果是那邊那間店，應該還是…………米蘭風焗飯吧。」

「……根本是我也知道的店。」

那還用說？因為我選了對高中男生的錢包很友善的店嘛。

別露出那麼遺憾的表情啦，米蘭風焗飯很好吃的。

甲子園開幕已經迫在眉睫的這個時期，一名少女成了我們的新伙伴。

儘管還是第一天，她對棒球隊已經造成了天大的影響。

練習比平常更賣力。男生真的很單純。

畢竟光是想好好表現給女生看，發揮出來的實力就會差那麼多——說是這麼說，最單純的人就是我啊……

可是，這有什麼辦法呢？

像這樣滿懷期待到胸口都要脹破的感覺可是相當難得的啊。

我對Anemone還有很多事情不了解，可是，也有一些事情是我了解的。

她是我們西木蔦高中棒球隊的經理。

光是想到這點，臉頰就會自然放鬆，這樣的自己讓我心情好複雜，覺得好像沒出息又覺得好像很開心。

第四章

另一個公主

「早安，阿庄老師。」

「唔、嗯！……早啊，Anemone！」

早上六點。猩猩在校門口挺直了腰桿，答話聲調卻有些心浮氣躁。

不管看在誰眼裡，都看得出他笑逐顏開。

「今天也是阿庄老師第一個到。每天早上都辛苦老師了。」

「那還用說！畢竟可能會有相關人士以外的閒雜人等想混進來啊！」

「我是相關人士。」

「我知道，所以我不是沒攔著妳嗎？唔呴呴呴！」

喂，猩猩，我知道你很興奮，但不要這樣笑好不好？

因為你會害我一大清早腹肌就受到重大傷害。

「唔呴呴呴！」

「Anemone！不要捉弄老師！真是拿妳沒辦法！」

我想只要看到這個狀況就會很清楚，猩猩非常中意 Anemone。

理由是 Anemone 採取的某種行動——這麼說好像很嚴重，其實並不是什麼大不了的事情，

就只是談話而已。

猩猩每天早上都站在校門前，大部分學生都只打聲招呼就進去了。

但Anemone在打完招呼後一定會跟猩猩提起一些話題，有時是天氣，有時是棒球隊，有時是電視新聞，都是些無關緊要的小事，但似乎讓猩猩非常高興，結果就是現在這樣子。

說穿了，猩猩之所以每天早上站在校門前，除了是為我們棒球隊著想，還有另一個理由，那就是他渴望有機會和學生對話。

真是的，老大不小的成年人了，搞什麼啊……不過一旦留意到這種事情，就會覺得「老師」和我們一樣是人，也就會感覺比較親近。

大人往往讓我們覺得遙遠，其實挺近的啊。

「早安，庄本老師！」

「大賀嗎！今天也很早啊！早安！」

「大賀同學！你太晚來啦！」

「剛剛庄本老師才說我『很早』耶。」

「跟我比就晚了。」

好嚴格。我已經比平常更早一些出發，對我睜隻眼閉隻眼嘛。

「要跟Anemone比，就連大賀也沒有勝算啊！Anemone可是學生裡頭……呃，Anemone算……算了，沒差啦！Anemone可是學生裡頭最早來的啊！」

「是的，學生裡頭就是Anemone最早來，老師裡頭是阿庄老師最早來。V！」

「V……咳。哎，我就不用了吧……呃，可是……唔、V。」

Anemone 說著朝我比出一個V字手勢。最有趣的是猩猩站在她旁邊，煩惱自己要不要跟著做，不時偷偷比出小小的V字手勢。

「知道了啦。那我們走嘍。」

「嗯，好喔～～那麼，阿庄老師，工作請加油。」

「包在我身上！Anemone 也是，那個……要努力做好經理的工作！」

「包在我身上～～」

我一邊聽著猩猩與 Anemone 之間有些奇妙的對話一邊走過校門。

「嘻嘻，我跟阿庄老師變很要好了。」

「我知道。在我們棒球隊裡，大概就屬 Anemone 跟猩猩最要好。」

「Yeah。I am number one。」

前往社辦途中，走在我身旁的 Anemone 自豪地笑了。她心情會這麼好，應該不只是因為跟猩猩感情好吧。除此之外，還有另一件……

「欸欸，我的新禮服怎麼樣？好看嗎？」

和現在 Anemone 的打扮大大有關。

Anemone 強調的衣服並不是之前我借給她的那套鬆垮垮的體育服。

就如她本人所說的「新禮服」，她穿的就是西木蔦高中的制服。

是蒲公英說：「別穿這種鬆垮垮的體育服，穿這個吧！妳穿一定會好看！」於是就把自己備用的制服送給她。

……只是，蒲公英的個子相對嬌小，屬於平均體型的Anemone穿起來就小了點。

也多虧這樣，現在她和以前穿著我那套體育服時相反，顯得一身勁挺。

「噢，妳穿成這樣，上上下下不管怎麼看，都像是我們棒球隊的隊員了。」

「太棒啦。這樣一來，我就正式成為西木鷹高中棒球隊的經理了。」

「是西木『蔦』。」

又唸錯我們學校的名字，到底要到幾時才會記住啊……

「對了，既然有這件了，舊的禮服可以還給原來的主人了吧？」

「哼哼，那還是我的東西。」

「妳要穿去哪裡啦，那麼鬆垮垮的體育服。」

「那還用說？」

Anemone的表情顯得自信滿滿。看樣子，她暫時是不打算還我了。

「穿去回憶裡呀。嘻嘻。」

最近跟她來往一陣子，我發現了一件事。Anemone特別喜歡收集東西。

從我的體育服到芝沒接到的那顆硬球；跟蒲公英一起搬來的礦泉水的空瓶；穴江用過的止滑噴霧；屈木學長本來要丟掉的打擊手套；跟樋口學長討來的原子筆等等，總之什麼都想收集。
要說是因為她的個性就是愛惜東西……應該也不是吧。畢竟怎麼想都覺得裡面摻雜了已經用不到的東西。
她到底是為了什麼在收集這些東西……這女的真的很神祕。
「可是……今天就是最後一天啦？總覺得，轉眼間就過去了呢……」
不同於先前的雀躍，Anemone 說這句話的聲調充滿了依依不捨與寂寥。
聽到她這麼說，我不由得胸口隱隱作痛，但這件事我實在無可奈何。
「嚴格說來也不是啦。今天只是最後一天在西木蔦高中練習。」
從明天起，我們棒球隊隊員就要前往大阪。
也就是說，終於要開始了。全國高中棒球錦標賽……通稱「甲子園」就要開始了。
話說回來，倒也不是人一過去，比賽馬上就開打。
比賽開始前還有抽籤決定公開練習與比賽日程等等的事項要處理。為此，我們主力球員……說得正確點，是包括板凳球員、教練與指導老師，都要前往大阪。
經理與其他隊員則會晚一點才陸續前往大阪。
時間點會不一樣是出於金錢方面的考量。
先行出發的成員開銷能夠得到日本高中棒球聯盟……通稱「高棒聯」的部分補助，但補助也只到這裡，除此之外的成員得不到高棒聯的補助。

只是，今年西木蔦高中是第一次打進甲子園，也因此得到了來自校友與家長的大量捐款。雖然會晚個幾天，但除了一個人以外，參加棒球隊的成員全都可以前往甲子園。這也就是說呢……

「到最後都要請你多關照嘍，太陽同學。」

唯一被除外的人，就是臨時經理 Anemone。

「嗯，請多關照。」

「Anemone 覺得你的表情應該要更寂寞一點。」

大概是看不慣我用一如往常的態度回答，她用力拉扯我的制服鬧彆扭。有點有趣。

「別看我這樣，我已經夠寂寞了。可是，我這個人對無可奈何的事就會看得很開。」

「這樣啊？你對無可奈何的事就會看得很開啊？」

反過來說，對於不是無可奈何的事，我就絕對不會看開……順便說一下，這次的案例屬於不是無可奈何的類型，所以我不看開，而是採取了行動。

「我說啊，Anemone。」

「什麼事呀？」

「其實啊……不，沒事。」

哎呀，好險好險，差點就說溜嘴了。

這件事已經說定，要保密到今天的社團活動結束。

Anemone 一旦知道，想必會高興得沖昏頭。

而這如果導致社團活動發生不必要的失誤就不好了。所以……現在得先忍耐。

「唔，王子真不體貼。」

「沒這回事。王子一直都最為公主著想了。」

啊～～好想趕快告訴她。Anemone 知道後會有什麼表情呢……光想像都覺得好開心。

☀

「那麼，Anemone 學妹！今天我們也一起努力做好經理的工作吧！首先當然就從準備大家的運動飲料開始！唔哼哼！」

「了～～解，蒲公英學姊。」

「沒錯！我是學姊！唔哼！」

晨間練習開始的同時，傳來了蒲公英雀躍的喊聲。或許是因為在整個棒球隊裡，進行社團活動時相處的機會比任何人都多，蒲公英似乎大大地喜歡上了 Anemone。

「水準備好了，接下來只要調配就可以了！啊，粉末——」

「不可以放太多吧。我有好好記住。」

「唔哼！Anemone 學妹已經是個可以獨當一面的西木蔦高中棒球隊經理了！」

就是啊，我也這麼覺得。她真的已經是可以獨當一面的西木蔦高中棒球隊經理了。

「……好，完成～麻煩學姊檢查～」

「我明白了！那麼……唔、唔……噗哈～！調得剛剛好，而且很好喝！Anemone 學妹也喝喝看吧！」

「太棒啦。那我也喝一杯……嗯，好喝。」

起初還很生澀的各種工作，現在也已經很習慣了。

本以為 Anemone 個性馬虎，沒想到正好相反，只要有人教過一次，她立刻就會記住，然後精確無比地做到，是個比我想像中更優秀的傢伙。

「……啊，對了！Anemone 學妹，雖然現在很忙，但等甲子園結束我們就會有空，跟我一起出去玩吧！我想跟 Anemone 學妹一起去玩！」

「呃，我也是想去啦……那個，其實……」

「太棒啦！那我們說定嘍！唔哼哼！好期待喔！」

「啊哈哈……蒲公英學姊好強勢喔。」

妳們兩個，調好運動飲料後喝一喝是無所謂啦，但像這樣只顧著聊天……

「兩位經理，我不會叫妳們不要聊天，但好像有點聊太久了啊。」

「咦唷！樋、樋口學長……」

「哎呀，糟糕了。」

可別忘了我們棒球隊裡有個絕不會放過這種事的人啊。

「蒲公英、Anemone，我們現在要進行守備練習，但是沒有人撿球就沒辦法開始……所以這個時候，妳們該做的工作是？」

「失、失禮了！我們馬上準備！Anemone 學妹，我們走！」

「了、了解，蒲公英學姊。」

「唉……一沒盯著就這樣……」

兩名經理被樋口學長唸了幾句，趕緊跑向撿球位置。

只是就我個人來說，我覺得該唸的反而是採取訓話的形式卻因為跟女生講到話而開心地哼起歌來的樋口學長。

偏偏他做的事情是對的，所以不能唸他，實在很麻煩。

「…………喝！」

「…………好！投得漂亮！」

大家都在擊球練守備，我和芝則進行投球練習。

守備練習固然也很重要，但練好指叉球的優先度更高，所以算是一點點特別待遇。

「芝也愈來愈習慣啦！好靠得住喔！」

「還好啦，我不會再『喔吼』了。」

「哈哈哈！你真給我來一下可就傷腦筋啦！」

從那一天以來，我的指叉球就如魚得水，一口氣進步了。

而且我進步的不只是指叉球……直球也進步了。

看來我似乎因為害怕捕手漏接，下意識地留了些力道，等我不再害怕捕手漏接，球速與俐落度都自然而然上升了。

也因為我有如此顯而易見的成長，讓其他隊員對甲子園的鬥志也急速上升。

憑現在的我們，肯定在甲子園也能打出成績，搞不好要拿下冠軍也……

「餅乾學長，我送球來了。」

「唔！謝啦，Anemone！」

Anemone 與屈木學長豪邁的說話聲從有點遠的地方傳了過來。

Anemone 和蒲公英站在一起時，個子會顯得有點高，但和屈木學長站在一起就反而顯得嬌小。光是比較對象不一樣，給人的印象就差這麼多。

Anemone 和我站在一起時，看在大家眼裡又是如何呢？……算了，不重要啦。

「好！那麼，我們繼……嗯，對了！Anemone，妳要試試看嗎？」

屈木學長把自己手上的球棒遞向 Anemone。

呃，這樣沒辦法練習吧……

「咦？我來？」

「我想說妳光是撿球會不會無聊！打個兩三球沒關係的！」

「可是，現在正是緊要關頭，把寶貴的練習時間……」

「就是因為寶貴啊！畢竟直到今天都多虧了 Anemone 建議，讓我們實力提升了相當多！說不定讓妳打個幾球，我們又會有新的發現，不是嗎？」

屈木學長說的話倒也不算錯。

Anemone 在練習中不時會給出一些建議。雖然她說得都很憑感覺，卻莫名地切中要點。也多虧她，不只是我的投球，芝和穴江的打擊、樋口學長和屈木學長的守備，都突破了過去遇到的瓶頸，進到下一步。

就結果而言，提升了球隊整體的實力。

只是呢……說起唯一讓我心境複雜的事，就是實力提升的結果讓芝升格為四號打者，而我降格為三號……高興歸高興，還是覺得懊惱。可惡。

「那我試一下……」

「嗯！別客氣，儘管打！我想想，妳就瞄準游擊手樋口！畢竟他的守備能力是我們隊上最好的！一定會接住妳打的球！」

「真是的，屈木又在多嘴…………放馬過來吧！」

樋口學長嘴上抱怨，但似乎也答應了屈木學長的提議，朝 Anemone 擺出守備的架式。也

好，稍微玩一下應該沒關係吧。
「好～～Anemone要努力了。」
她把從屈木學長手上接過的球棒拿在右手，球拿在左手。
然後將球輕巧地高高拋起。
「哼嘎吧啾…………哎呀？」
她發出老樣子的奇怪呼喝聲，同時大大地揮棒落空。
其實要打中自己投出的球意外地很不簡單啊。
「哈哈哈！漂亮的假動作！」
屈木學長豪邁大笑。擺好架式的樋口學長也用手套遮住嘴偷笑。
「唔。下一球一定……哼嘎吧啾。」
第二次的挑戰順利成功。
Anemone揮動的球棒漂亮地擊中了球，讓球往前方滾出。
「……嘿咻！打得挺漂亮的嘛。」
「成功啦。」
聽樋口學長語帶讚賞，Anemone開心地露出微笑。其實球是飛向完全不屬於游擊手守備範圍的怪地方，但相信樋口學長早就料到會這樣。
他一口氣衝過去，華麗地接住球，傳向一壘。

「那麼，再練一下就是午休時間，在這之前就繼續麻煩妳們撿球了！」

「了解。」

「Anemone 學妹～～這邊啦，這邊！趕快跟我一起撿球吧！唔哼！」

嗯～～我是不會說這樣不好，但大家會不會花太多心思在招呼 Anemone 了？不免覺得大家應該對自己的練習更專心一點。

「小桑，趕快投球啦，不然我閒著耶。」

「啊，抱歉，芝！沒問題，我馬上投！」

「真是的，要專心看公主也要收斂一點啊。」

「……！我、我才沒有那個意思！」

芝這小子，不要這麼眼尖地指出來啦。只不過……這是我自作自受。嗯，要注意。

之後我就一邊聽著金屬球棒擊中球的輕快鏗鏘聲，一邊繼續練習投球。

☀

結束上午的練習，到了午休時間。

最近我、Anemone、芝、屈木學長、樋口學長、穴江、蒲公英這七個人一起吃飯已經成了慣例，今天我們這批成員也一起在社辦吃午餐。

之後等下午練習完畢，今天的社團活動就宣告結束。到時候，就要跟 Anemone——

「我說啊，Anemone！我們啊，大家一起出錢，已經湊到 Anemone 的交通費和住宿費，所以我們一起去甲子園吧！」

「……咦？」

喂，穴江，你若無其事在爆料爆個什麼勁兒啊。

虧我還想等到社團活動結束再說……

「我……去甲子園……？」

「對！雖然不能將妳列入出賽名單，但我們可以一起去！」

「唔哼哼！畢竟要丟下重要的同伴，實在太離譜了嘛！Anemone 學妹當然也要一起去！如果到時候有時間，我們就在那邊一起觀光吧！」

被模樣雀躍的穴江與蒲公英這樣邀約，Anemone 睜圓了眼睛。

她不改臉上不解的表情，轉頭面向我。

「太陽同學，這是怎麼回事？」

唉……看這樣子是瞞不下去啦。

「哪有什麼怎麼回事，就跟剛剛穴江說的一樣，從明天開始的甲子園……我們主力隊員會先過去，經理和其他隊員晚個一兩天也會過去。然後，妳也包含在這些人裡面，就只是這樣。怎麼說呢，那個……Anemone 妳也……」

「我也？」
……不要緊張。上啊……我要說出來。
「因、因為 Anemone 也是我們重要的同伴。」
總算說出來了……感覺已經把今天一整天的勇氣都用掉了。
「……這情形，我真有點沒料到。那個……謝謝你們。」
Anemone 睜圓了眼睛，坦白說出自己的震驚後，有點為難地道謝。
我本以為 Anemone 會更開心，沒想到還滿鎮定的。
「哈哈哈！小桑說得沒錯！這幾天來 Anemone 擔任經理，真的幫了我們很多啊！妳就當作這是我們的一點謝意吧！」
「就是這麼回事。別客氣，跟我們一起來吧，Anemone。」
「就是啊……啊，我妹妹也會來甲子園幫我們加油，我會介紹妳們認識。她可愛得會讓妳嚇一跳。」
屈木學長、樋口學長還有芝也都接在我後頭說下去。
雖然會怨恨最重要的台詞被搶走了，但相對地也有一種成就感，慶幸自己說得出口。
「那麼，呃……我問問看家人喔。」
「好～～我明白了！唔哼哼哼！這樣一來，在甲子園 Anemone 也會跟我們一起了！」
「哇，被抱了。」

蒲公英情緒激動，用力抱住 Anemone。

真是的……這樣根本搞不清楚哪一邊才是學姊了嘛。

「好耶！這樣一來就可以確定棒球隊全體都會去甲子園，之後只要拿下冠軍就完美了！Anemone，妳好好看著吧！我們會讓妳看到我們拿下冠軍的那一刻！」

穴江，我知道你很興奮，但這樣未免太誇口了吧？

我前不久也才想過差不多的念頭，但我沒說出口。

「我也贊成穴江，覺得憑現在的我們，不管碰上什麼對手都不會輸。」

呃，連芝也一樣喔……這麼說來，恐怕——

「也是啦，今天就尊重一下穴江的意見吧。反正除了冠軍，我們也不打算把目標放在別的名次。」

「就是啊！身為高中球兒，總會對甲子園冠軍有所嚮往！既然有可能達到，又怎麼能不伸出手去拿！」

如我所料，樋口學長和屈木學長也搭了便車。

我們棒球隊有種傾向，就是一牽扯到 Anemone，大家就會團結一致。

「好～～！所以，這是我們跟 Anemone 的約定！西木蔦高中棒球隊要讓 Anemone 看到我們拿到冠軍！大家都同意吧！」

「嗯，當然。」

「那當然了。」

「唔嗯！想也知道！」

「唔哼哼！我也給它答應下去！」

真是的……大家其實都很不安，可是不但完全不表現在態度上，反而還逞強，跟 Anemone 定下約定……不過，這樣才像我們的作風啊。

彆扭不適合我們。還沒打就想著會輸未免太離譜。

然後這個狀況下，我其實還沒表示贊同……

「哎呀？王子沒有自信嗎？」

我就知道妳一定會率先說些什麼。還真是很敢說啊。

「怎麼可能？要拿個甲子園冠軍，根本是游刃有餘。」

「太棒啦……那我就好好期待了……期待大家變成第一名。」

Anemone 說完，我們不約而同點點頭。

如果能以這樣的陣容在甲子園拿到冠軍，那就棒透了。既然如此，也只能拚了。

「那麼，既然 Anemone 都和我們約好了，我有一件事要跟大家報告！今天的練習到下午三點為止！雖然不會馬上開始比賽，但我們明天就要去甲子園了！這些日子以來大家這麼努力，今天就稍微休息一下！各位可別因為社團活動提早結束就太放縱自己啊！」

「耶～～！我們當然明白，屈木學長！」

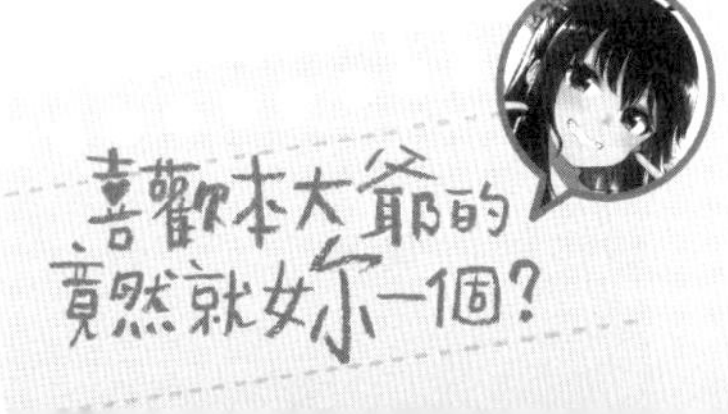

只聽你說話的聲調，怎麼想都覺得你不明白啊，穴江。

「欸欸～～Anemone！妳知道今天這附近有廟會嗎？然後啊，如果妳不介意，就跟我——

唔噁！」

穴江話還沒說完，樋口學長就從後面用力拉他的球衣衣領。

出乎意料的壓迫感讓穴江發出滿有趣的聲音。

「咳咳！樋口學長，你沒頭沒腦做什麼啦！」

「穴江不會看人臉色，就跟我一起做行李的最終檢查吧。」

「咦咦咦咦咦！呃，我昨天已經都準備……」

「你國中時代也這麼說，結果忘東忘西幾次了？」

「唔！這……」

「好，說定了。還有，你最好學著體貼一點，說不定Anemone已經跟『別人』有約了，不是嗎？甲子園前的最後一天可是難得的日子啊。」

「體貼？別人？……啊，是這麼回事啊！ＯＫ～～！我就去做行李的最終檢查！抱歉了，Anemone！我不能去，所以妳就找『別人』去吧！」

穴江和樋口學長來回看著我和Anemone，賊笑嘻嘻的。喂，這意思是……

「這樣啊～～原來今天的社團活動會提早結束啊～～這下就會空出一點時間了耶～～原來有廟會啊～～……太陽同學，你都知道嗎？」

「知、知道是知道啦……」

「那麼題目來了。邀公主去廟會，是誰的工作呢？」

想去就老實說出來啦，我的勇氣剛剛才用光。

「那個，屈木學長，不介意的話就跟我一起……」

「小桑！社團活動結束後，我要跟教練最後一次開會，所以沒空啊！」

唔！不愧是隊長！這麼為我們著想！

我本來打算就算要邀她，至少也要再多邀一個人……不對，還不能放棄！

「是、是嗎……啊！既然這樣，芝……」

「我跟妹妹約好了要一起去廟會，所以社團活動結束後沒空啊。」

喂，芝，你這賊笑的表情是怎樣？

既然你們也要去廟會，一起去不就好了？一起去。

「蒲、蒲公英！妳應該很閒吧！妳剛剛不也說想跟Anemone一起玩……」

「唔哼！今天的我有節目！特正學長邀我趁甲子園開打前一起去廟會，我無可奈何，只好陪他了！」

這可不能打擾他們啊……要是打擾他們，前不久我和花灑的辛苦就會化為烏有……不妙，不妙啊。不知不覺間，我陷入了滿壘無人出局的大危機。

而且對手還是這些本來應該算是自己人的成員，實在太奇怪了。

「啊～～……Anemone……」

首先就投個壞球觀望一下。一開始就直球決勝負實在太不妙了。

我是希望對方打者揮棒啦，只是……

「怎麼啦，太陽同學？」

「「「怎麼啦，太陽同學？」」」「怎麼啦，太陽同學？唔哼哼！」

對方的選球眼光超強，而且還有其他隊友支援喔？

這些傢伙，完全在尋我開心……

「今、今天社團活動後，妳有什麼節目嗎？」

「會空出一點時間啊！我剛剛才說過喔～～」

「「「「說過喔～～！」」」」

我想起國小時代唱過的「青蛙之歌」。簡直像在輪唱。

「啊～～～～！好啦！Anemone，等社團活動結束，就跟我一起去廟會吧！」

「嘻嘻。既然太陽同學那麼想去，那也沒辦法，我就破例陪你去吧。」

想去的明明是妳吧。不過……嗯，也對，我也想去吧……

啊啊，臉好燙。我猜我大概滿臉通紅了吧。

「好！午休時間的計畫也順利完成了，差不多要開始下午的練習了！小桑！雖然球路有點偏，不過這直球相當不錯啊！哈哈哈！」

「ＯＫ的，屈木學長！哎呀～～被小桑超前啦！好羨慕啊～～！」

「穴江，不要抱怨，我們遲早也會有機會的。」

「我跟妹妹會去廟會，說不定會在那裡撞見啊，小桑。」

「唔哼哼哼！那麼，Anemone 學妹！下午我們要擦球，把剛才守備練習弄髒的球都擦得乾乾淨淨！我們一起努力吧！」

「了解……啊，太陽同學。」

怎麼？Anemone 突然靠過來。這次我的勇氣真的見底了，沒辦法再回應更多要求——

「謝謝你喔，我好高興。」

「——！這、這又沒什麼大不了的！」

不要突然在我耳邊講這種體貼的話，會害我不好反應啦。

我急急忙忙回到家後，做的第一件事就是洗澡。

我仔細把練球時沾到的汙垢洗乾淨。洗完澡後，用吹風機吹乾頭髮。

好，頭髮都乾了，再來就是抹髮蠟……還是算了吧。

要是又弄出「奇怪的亂翹」，又會被 Anemone 笑。既然這樣，還不如維持自然就好。

好了，該穿哪件T恤去呢？簡單點，穿白的？合乎我形象的紅色？橘色或許也不錯……好，決定了。

總覺得對上Anemone，與其故意耍帥，還不如維持平常自然的模樣比較帥氣，就簡單點，穿白T恤搭藍色牛仔褲去吧。

所以呢，我選的是老爸說是職場同事給的，然後轉讓給我的印有英文字母的白色T恤。畢竟是人家送的，應該不是太貴吧。

既然這樣，就算在廟會弄髒也不用放在心上。

我對英文不是太拿手，所以不知道上面寫的單字是什麼意思。「LOUIS　V」是什麼意思呢？算了，無所謂啦。

我就穿上這LOUIS　V的T恤和藍色牛仔褲，完成準備。

再把塞了僅有的零用錢的錢包放進屁股後面的口袋，然後走向車站。

下午五點三十分。當我抵達碰頭地點所在的車站，發現人群中不時可以看見一些穿浴衣的人。畢竟如果不是廟會，實在沒什麼機會穿浴衣，大家都顯得有點雀躍。廟會這種東西啊，逛廟會本身當然也不錯，但同時還有穿浴衣的樂趣耶……我是不是也不該穿這種感覺很廉價的T恤，應該穿浴衣來？

不過，我根本不知道家裡有沒有浴衣，到頭來還是沒得穿啦。

好了，那Anemone呢……

「鏘鏘鏘～～Anemone登場～～」

背後傳來說話的聲音。不用問是誰，她本人就報上名號了。

雖然不知道是她先到還是我先到，但總之要等的人似乎是來了。

「呀喝，太陽同學。」

「嗨，Anemone。」

轉身一看，站在眼前的就是我們球隊的臨時經理Anemone。

模樣跟我第一次見到她時一樣，穿著白色T恤搭配吊帶裙。

什麼嘛，竟然不是穿浴衣……

「什麼嘛，竟然不是穿浴衣。」

「這是我要說的話吧？」

「很遺憾，我沒有浴衣。可是，這樣也很可愛吧？」

Anemone用雙手拇指拉著肩帶，以笑容強調身上這套服裝。

看著她這種模樣，就會清楚想起我們第一次見面時的情形。

明明沒認識幾天，卻覺得已經過了很長一段時間，大概是因為從她出現以後，我們度過的時間濃密又開心吧。

「咦？太陽同學穿的T恤……唔哇……」

結果Anemone似乎看到了什麼令她好奇的事情，興味盎然地凝視著我穿的T恤……幹嘛啦，不就是普通的T恤嗎？

「今天的王子穿著好棒的晚禮服喔。」

「對吧？這是我為了今天準備的超高級最盛裝打扮。」

開玩笑的。照眼前這樣子看來，不會弄得像上次抹髮蠟那樣出洋相，這次的簡單自然作戰非常成功。

「嗯，是很威登威登的有錢人時尚。」（註：路易威登，即法國高級時尚品牌LV）

……非常成功嗎？什麼「比」登「比」登的，聽起來好像奇怪的音效，實在不覺得這是讚美。

「我們趕快去廟會吧。Anemone有什麼想玩還是想吃的嗎？」

「全～～部。為了不留下遺憾，我什麼都要玩，什麼都要吃。」

「不要緊，我會塞進回憶裡。」

「哪這麼會吃。」

「Anemone的回憶容量還挺大的啊。」

「那當然，很能裝的。」

就算妳再怎麼囂張地挺胸，總是有極限吧。

「啊，對了。」

怎麼啦？Anemone，看妳一臉突然想到好主意似的表情。

「題目來了。在廟會當公主的護花使者時，王子該做的事是什麼呢？」
說著她朝我伸出手。也就是說……
「應該就是好好保護公主，不讓閒雜人等來搭訕公主吧？」
「明明還有別的……提示是為了不被人群沖散而做的事。嗯～～」
她手伸得更長了。都做到這地步了，要不要乾脆自己伸手來抓啊？
「就準備個讓彼此好認的東西吧。」
「明明就有更簡單的方法。嗯～～！嗯～～！」
Anemone 似乎對我的回答不滿意，臉頰鼓得好脹。
她的表情好好玩，讓我忍不住更想使壞。
「我為了邀某人來廟會，幾乎把勇氣都用光了，我累了。」
「不用擔心，沒有勇氣的話，就用愛來彌補吧。」
「這工作應該公主比王子更適合吧？」
「哇、哇哇哇。」
我迅速把手伸到 Anemone 面前。這一伸，她的臉就染成朱紅。
看來她還是老樣子，輪到自己被說時就很不會應付。
「……很難為情耶。」
「我知道。我說了以後也覺得很難為情。」

「那應該算扯平吧。」
「是啊，扯平。」
「「…………」」
我不知道言語和行動哪個先發生。
只是不知不覺間，我和 Anemone 已經握緊彼此的手。
「嘻嘻。這樣就不會走散了。」
不要笑得那麼開心……這力道，應該對吧？
這是我第一次像這樣握住女生的手，所以不太清楚。
總之，也差不多該真的去逛廟會了。
畢竟 Anemone 好像想玩很多東西，時間再多都不夠啊。

☀

去到攤販區一看，發現已經非常熱鬧。有許多攤子，老闆各自努力做著生意。這些攤車排成一條路，路上有攜家帶眷的遊客、穿浴衣的女生群、情侶。沒女生陪的男生……明顯都穿便服啊。感覺就好像在暗示大家，男生必須滿足有女生陪這個條件才有資格穿浴衣……我倒是穿著便服就是了。

「肚子餓了～～要餓扁了～～」
身旁傳來一聲抱怨。我也一樣，肚子有點餓了。
「那麼，一開始要吃什麼？」
「棉花糖。」
「……還有呢？」
「蘋果糖。」
「比起糖，我更想攝取碳水化合物。」
「不愧是運動員。那我們折衷一下，先吃章魚燒吧。」
是在什麼東西之間折衷才會變成章魚燒啦？雖然無所謂就是了。
要吃的東西已經確定，所以在四周一找，輕而易舉就發現章魚燒的攤子。
「不好意思，請給我一份章魚燒。」
「來了！五〇〇圓！……謝謝光臨！」
我付錢給攤子的大叔，獲得八顆盒裝的章魚燒。
我學到一件事，和女生手牽手在攤子買東西相當令人難為情。
「好。找個地方坐下來吃吧。」
「了～～解。可是，我們要怎麼吃？我有一隻手沒空耶。」
「我也一樣啊……先放手吧？」

「這樣好嗎？要再牽一次說不定會很辛苦喔。」

有道理。可是，要是繼續手牽著手，就有可能爆發一個人拿章魚燒，另一個人叉起來餵的事件。至於哪一邊比較艱辛……比都不用比吧。

「……我的勇氣恢復了，我來想辦法解決。」

說著我先放開 Anemone 的手。

「沒出息。嘻嘻。」

……不要什麼都看穿。

之後，我們發現了一個離攤販區有點距離的好地方，於是兩人一起坐下。

嗯，穿便服也許是對的。如果穿的是浴衣，要找不用擔心弄髒的地方坐都很困難，所幸我們兩個穿的衣服都不怕弄髒。

「啊～」

「……嗯，好吃。」

我不理會身旁這個張大嘴的傢伙，用牙籤叉起章魚燒，送進自己嘴裡。

「你說過勇氣已經恢復了。」

張大嘴一臉傻樣的 Anemone 如此抱怨。

「我要留著晚點用。」

「真遺憾。那麼那麼，Anemone 也要吃了～……哈呼哈呼。好好吃喔。」

Anemone 一口塞進整顆章魚燒後，大概是太燙了，不斷呼氣。模樣莫名性感。

要是一直看下去，大概會忍不住動心吧。

這種時候還是撇開目光……呃，那是…………不妙！

「好～～！接下來是套圈圈！我第一～～！」

「哼哼哼！有這麼簡單就贏嗎？套圈圈我也很拿手喔～～！」

「哇～～！這就是套圈圈攤啊～～！好棒喔～～！」

「……我絕對不能輸。」

正好就在這時，四個女生來到位於我們正對面的套圈圈攤。我認出她們的瞬間，立刻急忙低下頭。她們跟我一樣，是西木蔦高中的學生。

而且好死不死全是一些平常就有機會相處的人。原來大家都來了喔……

「哎呀？太陽同學，你怎麼啦，突然縮起身體？」

「別在意……還有，暫時別叫我的名字。」

別被發現啊……拜託別被發現啊……

「哎呀，捉迷藏嗎？那 Anemone 也參戰吧。」

妳明明不用縮起身子吧？而且，臉好近。

「好好玩喔，太陽同學。」

「我一點都不開心。」

和平常聞慣的氣味有點不一樣的甜甜的醬料香氣。這種香氣和 Anemone 呼出的氣息一起傳來，讓我分不清心臟怦怦跳個不停是因為不想被看到這種場面，還是有別的理由。

「唔～～！輸掉了～～！好不甘心！」

「沒想到我竟然會輸……真不敢相信……」

「啊嗚！一個……都沒套到。」

「呼～～好險呢……不過，是我贏了。那麼，接下來我們去玩打靶吧。」

……五分鐘後，這群女生的套圈圈比賽宣告結束，就此離開。

太好了。她們只顧著套圈圈，應該沒發現我吧。

而且她們為什麼在廟會的攤位比賽？算了，我應該不必在意吧。

「剛剛那些女生當中，也有些人之前來看過我們練習吧。」

「嗯。因為我們常混在一起。」

「哦～～……這樣啊？」

妳這眼神是怎樣啦？不要沒事白眼瞪我好不好？

「我、我話先說在前面，我跟她們沒什麼曖昧關係，妳可別誤會喔。」

「我沒誤會，可是想知道太陽同學慌張的理由耶。嘻嘻。」

「是喔……」

又上了她的當……

「……嗯。雖然有點擔心，也只能相信了。」

Anemone 似乎看到我這樣就滿意了，露出不同於往常的溫和笑容。

我很想問為什麼引誘人上當還能笑得這麼燦爛，但還是算了。

更重要的是，廟會的時間有限。而且她們也走了，我們也開始移動吧。

我下定決心，拍了拍沾到海苔的T恤，站了起來。

「好，我們走了，Anemone。」

「公主一個人站不起來。」

Anemone 朝我伸出手。我省下來的勇氣馬上就派上用場了。

「……來，這樣可以嗎？」

「王子該表現的時候很行呢。嘻嘻。」

我握緊 Anemone 的手，用力拉她起身。我忍不住加重力道，讓 Anemone 比我想像的更貼近身邊……近得可以就這麼抱住。

「王子該不會是想更進一步？」

「很遺憾，我已經進入充電時間。這件事照計畫得等下次了。」

「喔喔？也就是說，王子有打算更進一步？」

「……妳說呢？」

我立刻撇開臉，開始往前走。

「嘻嘻。何必那麼用力把臉撇開嘛。」

就是因為一旦被妳看見絕對會被取笑，我才撇開的啊。

想也知道妳一定又用那種慧黠的表情看著我。

果然還是 Anemone 技高一籌……該死。

之後我就和 Anemone 在攤販區逛了各式各樣的攤位。

吃吃 Anemone 想吃的蘋果糖、玩玩鱉糖果板……我已經多久沒像這樣跟別人一起逛廟會啦？而且還是跟一個女生兩人獨處……

「呵呵呵，成功抓到瀕臨絕種的品種了。」

Anemone 開心地抱住的是個約有二十公分大的狗狗布偶。

照 Anemone 的說法，這狗的毛是灰色的，所以是日本狼。

正好攤販區有玩棒球九宮格的攤子，在 Anemone 的央求下，由我去挑戰，結果順利連成賓果，拿到的就是這個獎品。

不過也是啦，身為投手，總不能連這個都辦不到。

只是，一投完九宮格就被碰巧在旁邊看的兩個年紀跟我們差不多的女生誇獎：「唔哇，他好帥氣喔！」這讓我有點飄飄然，但Anemone卻燃起神祕的對抗意識，牽起我的手猛揮強調：「他有我了～～」滿讓我傷腦筋的。

『各位來賓，煙火時間即將開始。各位來賓，煙火時間即將開始。』

啊，我都忘了，廟會都會放煙火。記得只要去河堤就可以從不錯的位置看煙火，不知道Anemone對煙火有沒有興趣。

還是她想繼續逛攤販區？

「煙～～火～～」

對煙火很有興趣是吧？這麼好懂真是再好不過。

「我們去河堤吧。那邊可以找到好位置看煙火。」

「太棒啦。我還是第一次看煙火呢。」

住在日本卻完全沒看過煙火，真是個少見的怪傢伙。

不過，既然這樣，我就更想幫她找個好位置啊。

如此一來，她一定會很高興。嗯……一定會。

我稍微加快腳步，牽著Anemone的手來到河堤。

不愧是廟會的重大節目，人果然很多，但或許也是因為我體格好，硬擠一下倒也成功占到了好地方。
「Anemone，妳累不累？」
「我要申請公主抱。」
「妳這麼有精神真是再好不過。」
「嘻嘻，被看穿啦？」
不看穿才奇怪吧？
真的是喔，自從 Anemone 出現，我的辛苦就沒完沒了。
體育服被搶走；努力弄髮型卻被笑；被芝發現我一直藏著的祕密；還跟猩猩起了點小小的衝突。
可是……全都好開心……如果比較好處跟壞處，好處肯定多得多。豈止比較多，甚至會覺得連本來以為是壞處的事也都變成了好處。
「謝啦……Anemone。」
所以，我坦白說出這樣的心情……不對，這是騙人的。
真實的情形是，我不提真正最想說的心聲，而是說出其他方面的真心話。
「我才要謝謝你呢，太陽同學。」
而對於這樣的我，Anemone 用不同於往常的溫和聲調說出這句話。
「那一天……要不是認識了你，我沒辦法度過這麼開心的暑假。多虧有你，本來一直很寂寞的日子，每天都過得好美妙。我再怎麼感謝都不夠。」
是嗎？我也幫助到 Anemone 啦……太好了……
「所以，這有一部分也是為了答謝你……來，請收下這個。」
她加重力道握緊我跟她牽在一起的手。我感受著這不習慣的感覺帶來的舒暢，Anemone 就用空著的另一隻手把一個護身符遞過來。
「這是充滿心意的禮物。」
Anemone 送我的禮物，是嗎？
這是我第一次收下 Anemone 給我的東西。
該怎麼說，感覺好開心啊……呃，這護身符……
「竟然是交通安全。」
「嗯，投手還是要多關心自己的身體。」
「既然這樣，我覺得祈求健康應該比較好啊。」
「就是要交通安全。啊，順便告訴你，這只是借你，你要記得還我。」
「竟然只是借我喔……」
「是啊，只是借你～～我會來跟你要。嘻嘻。」
她的笑容這麼有成就感。她就這麼想把這個借給我？
「好小氣。」

「也許我是拿來當再跟你見面的藉口喔。」

「好好好，是這樣嗎……那我幾時要還妳？」

「等西木鷺高中的甲子園比賽打完就還給我。在這之前，你要好好保管喔。」

是這麼回事啊……所以說穿了，這就是 Anemone 對我的激勵吧。

要是想拿著這護身符久一點，就要在甲子園一路贏下去……

真是很會拐彎抹角。

「好啦……那就等我在甲子園拿到冠軍再還妳。」

「嗯，這樣會幫我大忙。」

我把收下的護身符塞進牛仔褲的口袋。真沒想到第一次從女生手上收到的禮物竟然是交通安全的護身符……不過這只是借用，所以不算數？

算不算都無所謂啦。

「嘻嘻，這樣一來，前往甲子園的準備就幾乎都完成了。」

「妳說『幾乎』，也就是說還有剩下什麼準備沒做完嗎？」

「嗯，還剩一件事……是很重要的準備工作……我打算好好把話跟你說了，才讓你去甲子園。」

她像在窺探我的神色，聲調變得有些煽情。

我亢奮得幾乎懷疑心臟要破掉了。冷靜啊……我要冷靜。

「有、有話要跟我說……是什麼事情？」

不行。我說話明顯破音了……沒出息。

「那個啊……啊，煙火好漂亮～～！」

看來不知不覺間已經到了放煙火的時間，漂亮的煙火沖上天空。

可是，同時被照亮的 Anemone 那帶著些許朱紅色的臉頰更加漂亮。

「煙火好漂亮啊。」

「就、就是啊……」

「真的直到最後一刻都是開心的時間。雖然總覺得有點不夠，但 Anemone 已經心滿意足了。而且起初想做的事也都確實達成了。」

Anemone 起初想做的事？是什麼來著了？

呃～～……啊啊，我想起來了。記得她說過要「讓我變成我」。

「欸，太陽同學……」

「什、什麼事啦？」

Anemone 那空靈又漂亮的眼睛直視我的眼睛。

不知不覺間，我們已經面向彼此，四目相對。

這該不會是……

「跟你說喔……」

不！這種重要的事情，應該由我這個男生……

「　」

「…………咦？」

這句話出乎意料，讓我不由得發出傻呼呼的疑問聲。是我聽錯了嗎？

「喂，妳怎麼沒頭沒腦說這種話？」

這怎麼說都不對勁吧？畢竟在這種狀況下，Anemone 對我說的是這樣的話耶。

——再見了。

她是這麼說的。真是的，又講這種莫名其妙的話。

在放完煙火前我們都會在一起，而且之後在甲子園明明也會碰到。

唉……害我白白期待了。

也好啦，我也是想自己主動說出來，是沒關係啦。

……呃，不對？不知不覺間，我們牽在一起的手分開了耶。

而且 Anemone 還讓剛才我幫她拿到的布偶掉到地上。

「虧我幫妳拿到，多珍惜點好不好？」

我撿起掉在地上的布偶遞向 Anemone。

「…………」

嗯？Anemone 怎麼啦？

才想說她一直發呆，但遞出布偶的瞬間，她就瞪大眼睛看著我耶。

「……幹嘛啦，突然用那種看到妖怪似的眼神看我？」

她的模樣和剛才完全不一樣。

我看……應該是又想捉弄我吧？

「你、你是……」

「……嗯？」

她說話的聲音像是從顫抖的脣間好不容易才擠出來……這不對勁。

「請、請問是為什麼？為什麼？因為我……什麼？這是怎麼回事？」

「喂、喂……妳是怎麼啦？」

我對她說話，但她不回答……不對，是錯亂了，沒有心思反應。

「是作夢？……不是吧？這是現實，對吧？咦？那這是為什麼？太奇怪了！為什麼我會跟這個人……這種事應該不可能發生！」

Anemone 用雙手把自己的頭髮抓得一團亂。

簡直像不知道自己發生了什麼事。

這是怎樣啦，她……不是在捉弄我。這再怎麼說都太過火了！

「妳、妳還好嗎？Ane——」
「這裡是哪裡？為什麼我會在這種地方？爸爸，媽媽！哥——」
Anemone 臉上有的不是平常那天真的笑容，也不是鬧彆扭的表情。她以充滿恐懼的表情頻頻觸摸自己的身體，確認自己所處的狀況。
「喂、喂！Anemone！妳先看著我——」
我不及細想，按住 Anemone 的雙肩要她看著我。
不用擔心，Anemone，這裡沒有任何危險……
「請、請你不要這樣！」
「……唔！」
可是，我的手被粗暴地揮開了。不是被別人，是被 Anemone 揮開。
喂喂，這是怎麼回事啦？為什麼我非得被 Anemone 拒絕不可？
到剛剛我們還那麼……
「我在做什麼？我……」
她完全沒在管我，相信是自顧不暇了。
四周本來在看煙火的人們目光集中到 Anemone 身上，但又馬上撇開。
聽得見有人小聲說：「搞什麼，情侶吵架啊？」不對……不是這樣……
「我、我說 Anemone……妳先冷靜下來，這裡不是什麼危險的地方。而且，妳是在捉弄我吧？又像平常那樣……」

「！」

Anemone 似乎鎮定了些，轉身看向我。

可是，她的心情多半完全沒鎮定下來。只見她視線左往右來，可以清楚看出她腦子還一團亂。然後，她就這麼動起顫抖的嘴脣……

「『Anemone 是誰』？『我是…………牡丹一華』！」

她說完這句話就跑走了。

「……這是怎樣啦？」

我茫然目送 Anemone 的背影離開後，總算擠出的就是這句話。

我今天和她一起逛廟會，吃章魚燒，鬆糖果板，不是玩得很開心嗎？可是，為什麼在最後的最後，事情會弄成這樣？

Anemoe 跑走的表情……她的態度不像是在騙我。

她是真的不知道自己就是「Anemone」。

以前桑佛高中的四號對我說過的話忽然在我腦海中掠過。

——她總有一天會從你面前「消失」。畢竟……她是冒牌貨。

這樣的話，最後出現的「她」是「真貨」？那才是真正的……

所以，Anemone 才會對我說「再見」……

「…………我說啊，這是怎麼……一回事啊……」

我撿起剛才手被她揮開時再度掉到地上的布偶，問出這句話，但當然得不到回答，它就只是用無機質的眼睛看著我。

「……咦……咦？」

勉強留住我的意識的，是從褲子口袋傳來的震動。我用完全使不上力氣的手拿起智慧型手機一看，發現畫面上顯示「如月雨露」。

「……喂？」

『喔！小桑！我說啊，你們明天不是要去甲子園嗎？我當然也會去加油，不過我想說在那之前，要不要現在就先一起吃個飯！啊，當然不是只有我！其他人也都在一起！所以如果可以，你就來一趟陽光炸肉串店吧！』

花灑不想讓我插話似的說了一大串。大概是發生了什麼好事，他的聲調聽起來有點高興得沖昏頭。

「也、也對！我有空！哈哈！我有空得不得了，包在我身上啊……！」

我在朦朧的意識中勉強擠出聲音。我勉強裝出一如往常的「小桑」，讓我都想誇獎自己

了。我也挺有一套的嘛。

『…………』

花灑沒有回答。

這陣沉默讓我覺得好可怕，陷入一種彷彿整個世界只有自己一個人的錯覺。

『……你現在人在哪？』

「咦？」

『你現在人在哪，小桑？』

從手機傳來的不是剛剛那種沖昏頭的聲調，是花灑正經八百的嗓音。

「呃……我剛剛在看煙火，就在河堤的高架橋附近……」

『那正好。你等一下，小桑…………啊～～不好意思，妳和其他幾個人先去店裡，我有點麻煩事要處理，解決了我就過去。』

『──好，我明白了。』

手機傳來另一名少女說話的聲音。

搞什麼，原來你們在一起啊？那我可礙了你們的事……

『小桑，你別亂跑，我馬上過去……還有，電話也別掛。』

「……嗯……嗯嗯……」

他的這幾句話還有行動真不知給了我多大的慰藉。

不確定是為了遵守花灑的吩咐還是太過震撼，大概是兩者都有吧，我就這麼雙腳一軟，坐到地上。

「呼！呼！……嗨，小桑，你的臉變得很好笑耶。」

電話打來還不到五分鐘，花灑就出現了。

大概人就在附近吧。

「你也沒資格說別人吧，體力明顯太差啦。」

「要跟打進甲子園的王牌球員比，日本國民有一半以上體力都會明顯太差吧……啊～～！好累！我先休息一下。」

花灑說完就粗暴地在我身旁坐下。煙火也已經放完，剛剛還在的觀眾全都離開了。還待在河堤的，只有我們兩個。

「對了，我現在是休息時間，閒得不得了，所以如果你有什麼話想說，就儘管說出來沒關係。」

「……如果沒有話想說呢？」

「那就什麼也不用說啊。」

說著花灑重重地呼氣，頻頻用手搧風。

「…………女生丟下我跑掉了。」

「那可真慘啊。」

你一點都不懷疑我是不是做了什麼事啊。

一般人突然聽到「女生丟下我跑掉」這種話，都會先往不好的方向想像。

「之前我們一直處得很好，她還幫我解決了很多煩惱，是個很靠得住的女生，我們還請她當棒球隊的臨時經理。我對她非常感謝，也想報恩。然後，今天我們也和平常一樣處得很好，結果逛到一半，她突然害怕起來，態度簡直像變成了一個不認識的人。」

沒錯，最後的Anemone簡直不是同一個人。雖然長相和聲音都一樣，卻成了個性完全不一樣的女生。她絕對不是我所認識的Anemone。

「是喔，發生過這種事情啊？」

花灑搔著腦袋吐露感想。

「所以，她就是真的變身了吧？我們認識的女生裡，不也有個這樣的女生嗎？在學校和私底下，模樣完全不一樣的那傢伙。」

「跟她又不太一樣，畢竟外表都沒變……該怎麼說，外表明明一樣，內在卻好像整個換掉了，就好像杯子裡裝的東西從可樂變成了綠茶。」

「好厲害，連顏色都變啦？」

那種事情到底要怎樣才會發生？太離譜了吧……

「所以，小桑你想怎麼做？」

「……咦？什麼叫我想怎麼做？她都已經跑掉了……」

而且根本什麼辦法都沒有吧？從明天起我就要去甲子園，Anemone 又跑了。而且，我還不知道怎麼聯絡她……沒有一個辦法可行。

「不是啦，坦白說，事情原委根本就不重要吧？那個女生變身這件事也已經發生，就只能接受。接下來才是問題。小桑你想怎麼做？如果你說狀況已經八面碰壁，有個方法很簡單，我可以教你。」

「是什麼樣的方法？」

我這麼一問，花灑就我露出剽悍的笑容。

「只要朝第九面前進就好。」

「哈！根本亂七八糟！這什麼鬼方法啦！」

我忍不住笑了出來。實在是喔，這小子真的很會講一些不得了的話。

他真的懂所謂八面碰壁的意思嗎？

「是啊，是亂七八糟。可是啊，現在小桑發生的事情也是亂七八糟……既然這樣，不就表示這個對象用正攻法搞不定嗎？」

真是的，的確就是這樣，所以才棘手……Anemone 身上發生的謎。

用正常的方法大概根本找不到解決手段吧。

「花灑說得沒錯……可是，嗯，既然這樣，就用那個方法上吧。」

說著說著，我得以發現了一件事。

……有，有唯一的方法可以通往解決的頭緒。

「是喔？我可以當作你找到第九面了嗎？」

「很遺憾，我沒找到。」

而且即使找到了，那八成也不是我辦得到的方法。

用任何人作夢都想不到的亂七八糟手段解決問題，是花灑的專利。

所以，我選擇只有我才會走的路。

「那麼，你打算怎麼辦？」

「……我決定打破第一面牆前進。」

「哈哈哈！這很有小桑的風格啊！我就辦不到！」

花灑笑著有點粗暴地在我背上拍了一記。

我所選的路……不是現在就去找 Anemone，也不是去查清楚事情原委。

是貫徹初心。往從一開始……從認識 Anemone 之前，我自己就決定要去的地方前進。

這個地方是哪裡？那還用說……就是甲子園。

只要前往甲子園，就見得到一個人……一個絕對和 Anemone 有關的人。

桑佛高中四號……他恐怕知道事情原委，知道 Anemone 的祕密。

就去見他，找他問個清楚吧。如果他不肯告訴我，就用實力解決。

當然我不會搞什麼暴力。

畢竟如果問我最拿手的是什麼……也只有棒球了啊。

「那是不是差不多該去陽光炸肉串店了？」

「好！今天看我怎麼大吃特吃瘋狂吃！花灑，要是我吃太多炸肉串吃到昏倒，你可要替我想辦法！」

「包在我身上。就算得用拖的，我也會拖著你前進。」

我和花灑站起來，相視而笑。謝啦，每次都在背後推我一把。

你果然是我最棒的好朋友。

我們的願望
第五章

從廟會那天算起過了一週後，我們在大阪的一間日式旅館裡。

決定公開練習與對戰組合等等的抽籤已經結束，我們現在就在棒球隊隊員住的房間當中最大的一間集合，才剛開完會。

……從那天以來，我再也沒見過 Anemone。

這也不奇怪，畢竟我和其他名單上的隊員隔天就得前往大阪。本來我還抱著些許指望，期待她會和比我們晚一步來的經理蒲公英一起出現，但很遺憾，這個期望落空了。

到頭來，之後整個西木蔦高中棒球隊誰也沒能見到 Anemone。

「唔哼～～……好寂寞……」

蒲公英在旅館房間裡轉著樹枝，垂頭喪氣。

這女的平常就會坦率地表露情緒，但我還是第一次看到她這麼沮喪。

「啊～～……蒲公英，打起精神來啦……看，枉費妳一張臉這麼可愛。」

「枉費也沒關係啦，芝學長。」

「是、是喔……」

平常蒲公英只要被誇兩句就會得意忘形，現在卻完全沒這種跡象，可見真的非常沮喪。

而蒲公英會變成這樣，理由當然就是……

「Anemone 學妹為什麼不來呢？好想她……」

除此之外，別無其他理由了。

畢竟她比誰都更期待能和 Anemone 一起到甲子園啊……

「唉……我許了好多次願望說『我想見 Anemone 學妹』，但都不幫我實現願望，成就樹的傳說是騙人的。唔哼～～……」

蒲公英看著緊緊握住的樹枝，吐露心聲。

……嗯？等一下，她剛剛提到成就樹，該不會……

「喂，蒲公英，妳手上的該不會是……」

芝對怪力亂神的東西很沒轍，轉眼間已經臉色發青了。

「學長問這個嗎？這是成就樹的樹枝啊，我拿來當護身符。」

「……妳、妳應該是撿掉在地上的吧？」

「不是，我就直接折下來啊。」

「會遭天譴……」

我也贊同芝的感想。沒想到她就這麼從一棵歷史悠久到有傳說的樹上折下樹枝帶來……

從某種角度來看，她很有膽識。雖然我想她大概也沒怎麼想就折了。

「唔扭～～！好想 Anemone 學妹喔～～～！」

「……嗯，為防萬一，我先問個清楚，小桑對 Anemone 沒辦法來的原因知不知道什麼？

沒有任何聯絡這點實在讓我有點掛心……」

蒲公英就像快融解的史萊姆一樣癱在地上，屈木學長則不理她，對我這麼問起。

「對不起，我真的什麼都不知道……」

「是嗎…………那就沒辦法啦！」

……對不起，屈木學長，我說謊了。其實，我多少知道。

廟會那一天，Anemone 發生的異變。

她對我說出「再見」後立刻變得像另一個人的這件事，我沒告訴任何人。因為光我一個人知道就已經讓大家這麼亂了，實在不能再把其他人牽扯進來。只是，我當然不打算一直維持現狀。

……差不多是採取行動的時候了。

「咦？小桑，你突然站起來是要去哪？」

「嗯！我跟花灑講好了要見面！比賽快開打了嘛，我想說在那之前先去跟他見個面！」

不好意思，花灑，我要利用你一下了。

「喔喔～～！如月特地到大阪來替我們加油嗎！真令人感恩啊！那幫我跟他問個好！」

「好！包在我身上！我會把穴江熱血的心意告訴他！」

不好意思啊，穴江，你的心意，我大概沒辦法告訴花灑了。

我要去見人是真的，但見的人物不是花灑。

只是，我說不出口。現在我還不能說……

「小桑，去見朋友是無所謂，但後天就要比賽了，我們已經進入要調整狀態的階段，可別聊得太晚啊。」

「是！了解！樋口學長！」

我聽著最後由樋口學長說出的叮嚀，離開了旅館。

✷

——下午四點。

我離開旅館後，搭了大約三十分鐘的電車。

之後查看智慧型手機的地圖，前往目的地。

「好，到了。」

我去的地方是跟我們住宿處不同間的旅館。

就和我們西木蔦高中一樣，這裡也是某間確定打進甲子園的高中棒球隊作為宿舍的地方。而我來見的人物，當然就是屬於這間學校棒球隊的人。

「也只能等了啊……」

我查看四周，沒看見我要找的人。因此我在大廳的沙發坐下，讓自己深呼吸。我做好了覺悟才來，但仍然會緊張。

我是來找人，所以本來打算乖乖去問櫃臺，但突然有別間學校的學生跑來問，櫃臺人員未必會告知，最壞的情形也可能被趕出去。

所以，我只能等。即使等到的不是本人……好！出來了！

「不好意思，可以打擾一下嗎！」

「嗯？」

有個體格不錯，理著小平頭的高中男生從電梯來到旅館大廳，我就對他說話。當然我是第一次見到這個人，但我知道他是誰。

這個人就是投宿這間旅館的人……

「你是桑佛高中棒球隊的人吧？背號六號，守三壘……」

「是沒錯，你是……啊啊，是西木蔦高中的大賀太陽同學啊？歡迎你來。」

「……咦？你該不會知道我……」

「我當然知道，因為你在各方面都是需要小心的人物。」

「是、是嗎……」

我也變有名啦。真沒想到霸主桑佛高中的棒球隊員會知道我的名字和長相。

在各方面都需要小心……意思應該就是說不只在棒球方面吧。

「你是來見他的吧？你等一下，我馬上去叫他來。」

「謝謝你。」

我一鞠躬，桑佛高中的棒球隊員就連連搖手，又搭上才剛走出的電梯去幫我叫我要找的人來。

照這樣看來，對方多半早已料到我會來吧。

雖然有點不甘心，但這樣正好。因為我就可以省掉一五一十解釋事情原委的工夫。

既然如此，我就聽他的吩咐，乖乖等吧。

——十分鐘後。

「呀喝！大賀同學！啊，你坐著就好啦～而且我也要坐下……嘿咻！」

我坐在沙發上等，結果我要找的人物…………桑佛高中的四號就出現了。

他不改一副尋人開心的胡鬧態度，而這會讓我有點不爽大概是因為我已經沒有心情胡鬧了吧。

這個人肯定知道 Anemone 現在人在哪，隱瞞了什麼祕密。

所以，本來我是很想立刻來找他問話，但我等了這段時間是有理由的。前不久為了決定對戰組合，進行抽籤時，我們西木蔦高中的第一輪比賽是排在後半的日程，桑佛高中卻是排在前半。也就是說，他們在抽籤結束後立刻就有比賽要打。

我實在不能在比賽前的重要時期因為私情，給對方添麻煩。

所以我才會一直等到桑佛高中的第一輪比賽打完的現在。

「謝謝你特地下來，還有……恭喜你們第一輪獲勝。我真的嚇了一跳，沒想到你竟然在所有打席都打出安打。」

「喔，謝啦謝啦！……不過我個人是覺得差強人意啦～因為我至少還想多打一支全壘打啊。」

竟然對那樣的成績不滿意，到底有沒有這麼誇張……五打數五安打七打點，還包含一支全壘打耶。

被壓倒性的實力打垮的對手學校球員那絕望的表情，彷彿在暗示我們的未來。你知不知道那有多讓人害怕啊？

「話說回來，你竟然特地等到我們第一輪比賽打完，真是一板一眼耶～～哥哥我好佩服啊！你們的下一輪比賽也要加油喔！」

「是，我會的。」

桑佛高中四號的態度顯得老神在在。之前見到時那充滿悲愴感的眼神已經銷聲匿跡，像是充滿了希望……是因為打贏了第一輪比賽嗎？

不，應該不是只有這個原因。多半……和 Anemone 有關吧。

「那我可以馬上進入正題嗎？」

「喔喔！投正中直球耶！不愧是今年的No.2投手候補！」

是No.1好不好？我很想說我的實力比你們投手強，不過這件事以後再說。現在該做的是照剛剛所說，趕快進入正題。

我確信這個人跟Anemone有關。

不是因為之前在河堤練習完的回家路上他突然出現，而且要我「最好別再跟Anemone扯上關係」。是有個更單純、更理所當然的理由。

我第一次見到Anemone時，聽到她的本名那一瞬間，我產生了一種疑問。

而在Anemone來擔任臨時經理時，儘管她本人說沒關係，我仍堅持不讓她說出本名——不讓她說出牡丹一華這個名字的理由，就是這個問題的答案。

——說得好像很嚴重，其實桑佛高中的四號根本已經說出答案了啊。

至於答案是什麼……

「為什麼你和Anemone會待在西木蔦？……牡丹大地同學。」

他就是她的「哥哥」。這個人，是Anemone的哥哥。

「就算只是鄰縣，待在那種地方實在說不過去吧？」

「不好意思，我不知道她出現在那裡的理由……可是，我待在那裡的理由很簡單。我是去查看她的情形。」

「在即將面臨甲子園比賽的重大時期？」

「就是啊～～哎，隊員也都知道事情原委啦，我是特例！不過話先說清楚，我當然沒有荒廢練習喔，都有一個人好好進行自主訓練！」

知道事情原委……是吧。也就是說，我可以當成不只大地同學，桑佛高中棒球隊的其他隊員也都知道 Anemone 的祕密了。

也是啦，我想也是這樣。

不然應該不會冒出「在各方面都要小心」這句話。

「哎呀～上次真的嚇了我一跳！因為一華突然大哭著打電話給我！」

看來 Anemone 在那場煙火跑掉後聯絡了大地同學。

「是從一華的手機打來的，我想說這下肯定錯不了！高興地接了電話。」

大地同學，你在說什麼？……而且，這不對吧？

Anemone 已經忘了自己手機的解鎖密碼。

所以她沒辦法用手機打電話。而且什麼叫錯不了……

「我們全家人一起盛大歡迎一華回家……只是她馬上又想睡了。不過，她曾經回來過，這是千真萬確的。就快了……一華就快要完全回來了。我有這樣的確信。」

單純來想，像是在說她從廟會回家後立刻就睡著了，但並不是這樣。

如果只是這樣，不可能會用到「完全回來」這樣的說法。

「這是什麼意思？」

「不要用那麼可怕的眼神瞪我嘛～畢竟我原本不打算告訴你這麼多耶。要是你知道了不該知道的事情，反而精神上受到擾亂，我也會覺得為難。」

「用不著擔心我。因為不管處在什麼樣的狀況下，我都會做出最好的發揮。」

「好靠得住啊……可是，真的是這樣嗎？你再繼續聽下去，說不定等著你的會是你從來不曾嘗過的最可怕的絕望喔。」

「最可怕的絕望？」

「……順便告訴你，我自己就承受不了。本來還以為早就透過比賽習慣了，看來我還差得遠啊。被夾在幸福感與罪惡感之間的這種感覺，實在相當難受。」

「…………！」

他一反先前裝蒜的口氣，聲調極為正經。

……被夾在幸福感與罪惡感之間嗎？的確，打贏比賽的時候會有這樣的情緒。己方贏得比賽的幸福感和打垮對手的罪惡感會同時產生。

可是，既然處在必須分出勝敗的世界，這也無可奈何吧。

我們打棒球應該都對這點有所覺悟。

「……呵！也是啦，你擺這種表情是對的。」

大地同學彷彿看穿了我的想法，露出靜靜的笑。

「大賀同學，你大概不知道吧。你不知道當全世界你最重視的人明明模樣和聲音都沒變，卻變得像是另一個人時的那種絕望感。明明搶走了我最重視的人的一席之地，卻還一臉什麼都不懂的天真表情要我們愛她耶……真的是饒了我吧。」

大地同學說的這番話，我完全聽不懂。可是，他用力握緊拳頭，從嘴裡擠出的聲音充滿了悲傷，這些都在在告訴我他不是在開玩笑。

「所以，我才會對你提出忠告，叫你『別再跟那個女生扯上關係』……只是，我這個判斷大錯特錯，現在我非常感謝你就是了。」

「感謝我？呃，我又沒……」

「你做了很多。我們不管多努力都辦不到的事情，你卻在那麼短的期間內就幫我們做到了，我們感激不盡。多虧你……不，是多虧你們西木蔦高中棒球隊，一華才會回來。只是這下就得換她消失了。」

多虧我們才會回來？換她消失？這到底是怎麼回事？

「哎呀，這可失言了。」

一個聳肩的動作都讓我不耐煩。

「對不起喔，大賀同學，把你牽扯進這種麻煩事。」

「與其道歉……不如跟我解釋清楚。」

從剛剛你就只顧著自己說話嘛。像你這樣擅自找上門來，硬要我接受，你以為我就會乖乖聽話嗎……別開玩笑了。

「不行。我已經給你添了難保不會影響你比賽表現的大麻煩，既然知道再下去也沒有你要的東西，我就不能讓你更深入……所以，希望你以後忘了她。就當她是海市蜃樓之類的東西，是一種只會在夏天出現一陣子的幻影。」

這是什麼話啦？那我們和 Anemone 的回憶也全都會變成幻影嗎？

這種事情，我怎麼可能答應……

「過去這些日子，謝謝你們了。可是，接下來輪到我們了。之後只要我們在甲子園拿到冠軍，一華肯定會回來。所以，我們只剩下把這件事做好。」

「……我聽不懂。請你……好好說清楚……」

「不管你怎麼說，我是不會告訴你更多的。所以，我們就談到這裡。」

「請等一下！我們還沒——！」

「在這裡鬧事，對你我都不妙吧？」

「……唔！」

他說得沒錯。我有膽就在這裡跟大地同學鬧出暴力糾紛試試看。

這將不再只是個人之間的問題。最壞的情形，雙方都會受到甲子園禁賽處分。

「那麼，再見了。在碰上我們之前可別打輸啊，我要在比賽中徹底打垮你們西木蔦高中。因為我認為這就是最能讓我們竭盡所能表達感謝的方式。」

為什麼大地同學說得一副事情全都結束，已經走向圓滿結局的口氣？明明什麼都還沒搞懂，也什麼都沒解決啊……

我在旅館的沙發上發呆似的待了十五分鐘左右，大地同學沒有要回來的跡象。只看到不時有看似桑佛高中棒球隊的人經過，對我投來狐疑的視線。

我在搞什麼啊？想設法問出 Anemone 的事，到頭來什麼都問不出來，只搞得自己被這堵比想像中更厚的第一面牆弄得鬥志全失。

這下可必須懷抱這種模糊的煩惱，繼續往前進了。

「……嗯？」

一股震動從我的大腿傳來。是放在口袋的智慧型手機。啊啊……時間已經滿晚了，大概是棒球隊的人打來的吧？

……呃，公用電話？這年頭還有人在用這種東西啊？

「……喂？」

『我覺得這種沮喪的聲音跟王子不搭。』

「————！」

差點以為心臟都要跳出來了。

錯不了……剛剛的聲音是……

「妳、妳是……Anemone 嗎！」

『叮咚～～答對了……對不起喔，給你添了這麼多麻煩……』

「沒……沒關係！這種事情不重要！」

光是聽到她說話就夠了！能夠好好說話，真是太好了！

可是，為什麼會在這個時間點打來？總覺得時間挑得好準啊……

『哥哥跟我說：「大賀同學非常擔心妳。」本來我是打算再也不跟太陽同學說話了……結果還是不行，我整個人坐立難安。』

這就表示，大地同學幫我轉達給 Anemone 了？

他為什麼……啊，是這麼回事啊？

他的確說過，說：「『我』是不會告訴你。」

意思也就是要我找 Anemone 問嗎？

「…………非常謝謝你。」

我朝著沒有人的電梯一鞠躬。

「呃～～……Anemone，妳現在人在哪？該不會已經來到這邊了？」

『嗯，其實我已經跑來甲子園了。』

「真的嗎！那我們馬上會合吧！妳可以來我們旅館嗎？妳消失以後蒲公英也好寂寞！還有像是芝、穴江、屈木學長還有樋口學長也都好擔心妳……」

『可、可是，最擔心的人是？』

這女的……讓人這麼操心，竟然還給我來平常那套，簡直胡鬧。

不對，不是這樣啊。仔細一聽，就發現她的嗓音發顫。她是卯足全力在虛張聲勢……

「…………想也知道是我吧。」

『嘻嘻，畢竟你是王子嘛。』

太好了。真的是平常的 Anemone……

既然這樣，我也得像平常那樣才行。

「也是啦。那麼，王子想去見公主，該怎麼做才好呢？」

『這個嘛，那……』

之後 Anemone 把自己住宿的旅館告訴我。

我們選來碰頭的地方是離這間旅館有點距離的公園。

我一個人前往這個地方。

滿懷著終於能見到 Anemone 的興奮以及按捺在心中的不安……

「你很慢耶。」

「……我可是全速趕來了。」

下午五點半，我一來到 Anemone 指定的公園，就看到坐在鞦韆上的她。

我心想她應該會穿便服來……結果穿的是我借她的那套鬆垮垮的體育服。

「要和很多天沒見的王子見面，還是穿回憶的禮服最好呢。」

「……就是啊。」

換作從前，我大概不會把這句話當一回事，只會回她：「妳說這什麼傻話？」

但看到 Anemone 悲傷的表情，我就是說不出口。

「都說了『再見』，可是我們又見面了。」

她在我們看那場煙火時說的果然是這句話啊……

「妳從一開始就打算把那一天當作最後一天見我？」

「…………嗯。」

Anemone 一副帶著些許過意不去的模樣微微點頭。

「為什麼是『再見』？我們連帶妳來甲子園的準備都做好了，以後也打算讓妳擔任經理，和我們一起努力。而且就算甲子園結束，距離也不是遠得沒辦法再見面——」

「是因為兔子已經跑起來了。」

「咦？」

Anemone 露出達觀的笑容。

從她的態度可以清楚看出她從一開始就料到我會問這個問題，才做出這樣的發言。

「…………」

除了我們以外沒有人在的這座公園裡，一陣靜靜的風在耳邊吹過。

那是Anemone深呼吸的聲音。

「太陽同學，我看起來像幾歲？」

「十六或十七歲。」

「噗噗～～答錯了。正確答案是…………四個月又多一點。」

「這嬰兒長得還真大。」

「呀呀～～……開玩笑的。」

「……然後呢？」

她在胡鬧，卻又不是胡鬧……Anemone她說的是真心話。

「……當『我』第一次醒來，最先看到的是醫院純白的天花板。然後是流著眼淚，拚命看著我的爸爸媽媽和哥哥。」

Anemone隔了短暫的沉默後開始述說。醫院……？所以Anemone曾經患了什麼病嗎？還是說……

「四個月前，西木鷹高中附近發生了一起案件。說是案件，其實是意外就是了。計程車司機開車開到打瞌睡，闖了紅燈，撞傷了正在過行人穿越道的三個人……其中一個只受了輕傷，但剩下兩個人性命垂危，意識不清。」

原來是這樣……可是聽她這麼一說，我就覺得有過這回事。

春假……我前往學校參加社團活動的途中，就看到有個地方的道路柵欄嚴重凹陷，拉起了黃色封鎖線，還有好幾個警察。恐怕就是那場車禍。

「該不會，受害者當中……」

「嗯。性命垂危的女生，就是牡丹一華。」

我想也是……照剛剛的脈絡，她不可能是幸運只受輕傷的那個。

所以 Anemone 借我的護身符……才會是交通安全啊……

「現在你也看到了，傷都好了，『我』還活蹦亂跳……可是，『一華』就不是這樣了，她失去了非常非常重要的東西。」

我？一華？Anemone 的說法很不對勁。

口氣像是把別人的故事加進自己的故事裡。

「妳說重要的東西是什麼——」

「記憶。」

「…………！」

「包括家人、朋友，還有很多重要的東西，一華全失去了，像是完全變成另一個人……不對，她就是完全變成了另一個人。」

竟然是這樣？也就是說，Anemone 這個女生的真面目就是……

「感覺上我能夠理解，我能夠理解我和一華是不同人。我只是一華因為車禍陷入昏睡時，作為替代品暫時誕生的人格……這就是我。嘻、嘻嘻……」

別這樣……不要一副要哭的眼神，卻擠出平常那種慧黠的表情……

這會搞得我也想哭啊。

「所、所以……嘍，既然真正的主人醒了，這個身體……我就得好好交還。因為這是我不該擁有的……」

所以 Anemone 才會討厭別人叫她的本名。

因為姓氏與名字對 Anemone 來說都只是暫時的……

「起初，爸爸媽媽和哥哥都想幫忙『找回』我的記憶。做一華愛吃的菜，帶我去以前全家人一起去過的遊樂園，還放哥哥參加棒球比賽的影片給我看。可是啊，不管他們怎麼做，我的記憶都沒有恢復。當然會這樣，因為我是個才誕生四個月的人格，根本沒有記憶可以找回來。」

大地同學先前之所以會說「我們要在甲子園拿到冠軍，讓 Anemone 消失」，理由就是這個啊。

他想讓多半就沉睡在 Anemone 心中的牡丹一華看到他在棒球比賽中活躍的模樣，藉此喚醒她……他就是不顧一切賭在這沒有把握的可能性上。

「過了一陣子，大家都知道我和一華不是同一個人之後，情形就漸漸改變了。爸爸媽媽開始忙工作，哥哥專心參加社團，都變得晚回家了。等我回到家，桌上放著媽媽做的菜，用保鮮膜包好，我就一個人吃這些飯菜。因為做好之後過了很久，全都冷掉了……真的都冷掉了……一點也不好吃……」

「…………」

「我知道他們三個已經很拚命了，即使知道我不是一華，也試著勉為其難地盡力愛我。可是只要看到我就怎麼也會想起一華，所以他們離我愈來愈遠。啊，他們不是把我當空氣喔，只要我找他們說話，他們都會很正常地笑著跟我說話……可是啊，他們的笑容…………只是表面的。」

Anemone 經常做出異想天開的行動並不是因為她傻，反而是有著豐富的感受性。正因為這樣，她才會不由自主地察覺，察覺三個家人的愛是假的……

「然後啊，我想說不能給他們添太多麻煩，我就自己做飯菜。結果被媽媽叮嚀『太危險了，妳不可以用廚房』……她說話的聲調很溫和，可是眼神……就是在說『妳不准碰』……一華的家裡有太多我不可以用的東西，讓我好傷腦筋……」

所以 Anemone 才會每次跟我們一起參加練習都帶便利商店的御飯糰來啊……就算想自己做菜，家人也不肯讓她做，又不想吃家人準備的那些完全冷掉的飯菜，才會去買便利商店的便當。「充滿真心的美乃滋海底雞口味」……Anemone 就是被逼到這個地步，讓她把便利商店的御飯糰說成這樣。

「在、在學校也是，大家都離我愈來愈遠……一華她好像人緣很好，起初有好多人都試著幫我恢復記憶。可是，當他們知道辦不到後就漸漸遠離我了。如果從一開始就只有自己一個人，就不會覺得寂寞，可是從有很多人的地方變成只剩自己一個……好寂寞耶……」

這種心情，我也多少能夠體會。我國小得知一群我以為很要好的人其實在排擠我時，那種絕望真的非比尋常。

和一無所有相比，失去擁有的事物時難受多了。

Anemone 之所以會連各種怪東西都愛收集，大概就是這個原因。

即使是一些對我們而言用不著的東西，對沒有半點回憶的 Anemone 來說卻像是寶物一樣，她便拚命收集這些寶物。

「可是，我不喜歡維持現狀，所以我鼓起勇氣說出口。我說：『我不是牡丹一華，可是，我就是牡丹一華。我想和你們當一家人，想待在大家身邊……我希望大家愛我……』結果啊……結果啊……」

Anemone 在發抖。她非得說到這個地步不可嗎？

她崩潰到這種地步嗎？

「我被媽媽打了。」

這個時候，我腦海中浮現的就是來這裡之前，大地同學說過的一番話。

『大賀同學，你大概不知道吧。你不知道當全世界你最重視的人明明模樣和聲音都沒變，卻變得像是另一個人時的那種絕望感。明明搶走了我最重視的人的一席之地，卻還一臉什麼都不懂的天真表情要我們愛她耶……真的是饒了我吧。』

相信Anemone……不，應該說牡丹一華的家人並不是壞人。只要看看以前在電視上看到的大地同學就很清楚。雖然他有點愛捉弄人，卻是個和善、開朗又善良的人。

可是，他們承受不了……承受不了失去牡丹一華的悲傷……

「如果要排斥，我寧可他們徹底排斥我。可是我的身體是一華，所以他們大概也不能完全排斥我吧。大家『表面上』都接受我。」

不是從一開始就一無所有，也不是完全遭到排斥，而是假裝接受她，給她表象的希望。即使明知只是表象，除了死命抓住也沒有人為她準備別的選擇。而死命抓住的結果就是一切都被奪走……這樣的情形一再發生。

原來Anemone一直處在這樣的地獄當中……

「我已經竭盡所能努力讓大家接受我了喔。為了不給大家添麻煩，我早上都會乖乖起床做好準備，不弄髒房間，也很用功念書……可是，不行。不管我做什麼，都沒辦法讓爸爸、媽媽、哥哥，還有學校裡的人接受我。一華似乎非常正經，大家都說她和我完全不一樣……我的身邊就只有表面的笑容不斷增加。」

「所以妳才會說想變成妳……」

「……嗯。我的目的從一開始就是把這身體還給一華，自己消失。我之所以想看太陽同學……不，是想看棒球隊練習，是因為一華非常喜歡棒球。她的房間裡滿滿都是棒球相關的東西，在學校也當棒球隊的經理，所以我想只要和棒球扯上關係，一華自然會清醒。」

Anemone 的話逐一解開了我累積至今的疑問。

以前我問「妳還真喜歡棒球啊」的時候，她回答「大概」的理由。還有她的建議會那麼精準，以及被教過一次的事馬上就會記住，並且正確無比地達成的實力。

那也許是因為她體感上能夠理解牡丹一華培養至今的經驗。

「這個計畫非常成功。多虧太陽同學還有大家，一華順利地醒了過來。雖然我沒辦法解釋理由，但這點我也立刻明白了。明白那一天一華會醒來。也就是說，明白我消失的時候來臨了。」

所以 Anemone 才會在廟會那一天對我說「再見」嗎？

因為她早就知道自己會消失，才會對我說出最後的訊息……

「可是啊，發生了意料之外的事。」

意料之外？這話怎麼說？

「我本來以為只要一華醒了，事情就結束了……可是，我錯了。一華還沒完全醒來，變成我跟一華會輪流出現。我真的嚇了一跳。因為等我醒來，人已經不在看煙火的河堤，而是待在家裡。」

這應該就表示 Anemone 和牡丹一華的記憶並不是共通的。

Anemone 的時間只屬於 Anemone，牡丹一華的時間只屬於牡丹一華。

正因如此，看煙火那一天她才會那麼驚慌。

當時在場的不是牡丹一華（Anemone），是牡丹一華。

「結果，爸爸媽媽和哥哥就……嗚、嗚嗚嗚……」

Anemone 再也忍不住，眼淚從雙眼不停溢出。

她用力握住體育服，全身發抖。

「他、他們說了。他們說：『求求妳！再一次變回原來的一華！』……他們說得好拚命，真的很寶貝一華，希望我變回她。可是，如果要說這句話是什麼意思，就是我……終究沒有人要啊……」

這句話對 Anemone 來說一定再殘酷不過了。「希望妳變回她」……字面上的意思並不難聽，可是這等於間接在說一句話。

等於在對她說……拜託妳消失。

「我早就知道。我早就知道的，可是……真的知道……還是好傷心……」

眼淚一旦奪眶而出就再也停不住，水滴聲迴盪在公園中。

這不是可以放給一個小女生自己承擔的問題吧……

「不管是爸爸、媽媽，還是哥哥，我都好想要他們愛我……我好想待在他們身邊，可是他們離我好遠……」

Anemone，所以妳才會幫大家取沒有別人會叫的綽號來稱呼他們？為的是盡可能讓大家記住妳……愛妳。

「可、可是啊……這也……就快了……一華的時間愈來愈多，之後只要等我完全消失就萬事ＯＫ了。一華很快就會回來，變回對的樣子。到時候一切都會恢復原狀，之後等著大家的就是大家都幸福的圓滿結局。嘻、嘻嘻……」

「哪有……可能啦！」

我終於再也忍不住，抱緊了 Anemone。

消失不可能是好事。Anemone 消失……我怎麼可能允許！

「妳明明就沒包含在裡面吧，Anemone！我也……我們也沒包含在裡面吧！這是哪門子的圓滿結局！開什麼玩笑！妳真的想消失嗎？這全部……全部妳都想失去嗎！」

「……………嗚、嗚嗚嗚……」

Anemone 發出嗚咽聲搖頭。

她就這麼把手繞到我背上，強而有力地回抱我。希望我不要排斥她，希望我愛她，感覺她的擁抱充滿了這樣的心情。

「我想維持現在這樣啊……我想和太陽同學，想和大家在一起……我終於……終於找到自己的一席之地，我不希望被拿走啊……」

之前我聽 Anemone 說過「龜兔賽跑」的故事。

說睡著的兔子一醒來就會用非常驚人的速度奔跑，抵達終點。
所以這也意味著 Anemone 這個人格會……開什麼玩笑……沒有這樣的啦……

「……嗚嗚。謝謝你，能好好把真相告訴你，讓我舒坦了一點點。」

我就這麼默默抱緊 Anemone 好一會兒，但終究不能一直這樣。Anemone 離開我的懷裡，用力擦拭腫起的眼睛。

「啊哈哈，出了好多醜喔。」

「跟我過去的醜態比起來，根本算客氣了。」

「的確。」

「妳好歹否定一下。」

「「…………」」

我們之間竄過一種莫名的沉默。

仔細回想，就覺得我們做過的事情不是難為情這幾個字就能帶過。

「……對不起啊，Anemone。」

我在沉默當中擠出的話是對她謝罪。

要不是我……要不是我們找來 Anemone 當經理，事情也許就不會弄成這樣了。如果大地同學說的話是真的，那麼喚醒牡丹一華的……就是我們西木蔦高中棒球隊。就是因為

Anemone和棒球扯上了關係……

如果不讓Anemone扯上關係，她說不定到現在仍然正常……

「才不是這樣呢。」

Anemone用力抓緊我的衣角。

「我啊，想要的就是『現在這樣』，想維持曾經跟大家一起過的那樣的日子。為了迎戰甲子園，和蒲公英學姊一起努力，也陪穴居胡鬧，聽芝喵大聊妹妹，偶爾被棕熊學長罵，聽餅乾學長充滿活力地大笑，拚命為太陽同學加油……啊，可是，只有跟太陽同學，我大概不太希望單純維持現狀吧。嘻嘻。」

Anemone的笑容摻雜了看破與達觀。這已經述說了一切。

Anemone就快要消失了。她幾乎不剩什麼時間了……

「所以，不要想說如果你什麼都不做就好了。多虧大家，我才能度過這段真的很開心的日子，本來一片漆黑的世界變得好明亮。雖然時間很短，我卻能度過一段美妙得不輸給任何人的時間。這一切，全都是太陽同學幫我開的頭。你就和你的名字一樣，對我來說是王子，是太陽……真的很謝謝你。」

Anemone的額頭用力碰上我的胸口。

別這樣。我不想聽這種道謝的話……

「……我會讓妳看到我們在甲子園奪冠，妳等著看吧。所以，這個護身符……到時候我再還妳。」

我從口袋裡拿出護身符給她看，這麼告訴她。

我能做的就只有死命抓住希望。

只能期望在我達成承諾之前能留住 Anemone 的人格。

「……嗯。加油喔。」

Anemone 說話的聲音很無力，證明她連虛張聲勢的餘力都沒有了。

極限已經迫在眉睫。連她還能不能撐到甲子園結束都……

「對、對了！Anemone，明天妳有空嗎？我們啊，後天才有比賽，明天會去借附近的球場做最終調整練習！所以，沒有經理我們可就傷腦筋了！妳也——」

Anemone 的食指碰上我的嘴唇。

「今天……就是最後了。」

不要用那麼悲傷的笑容看著我啦……

「太陽同學，我最後一次參加練習的那一天，你曾經說過『我這個人對無可奈何的事就會看得很開』對吧？我就快要消失了。這件事已經確定，絕對無法推翻……這是無可奈何的事，所以……我希望你看開。」

別開玩笑了……我哪可能看開啦！

我想這麼呼喊，卻發不出聲音。

「雖然和上次廟會的時候一樣，但我再好好跟你說一次喔。」

Anemone 對一切都看開了，說話聲音前所未有地平淡。

這逑說了一切。Anemone 已經沒有打算再和我……和我們見面。

為了不再給我們添麻煩，她打算獨自一人消失……

「太陽同學……」

她說話的同時往後退開一步，就這麼慢慢拉開距離，然後……

「再見了。」

Anemone 只說了這句話就離開公園……

我被 Anemone 宣告別離，承受著壓倒性的虛無感折磨，獨自回到了旅館。

坦白說，我甚至不知道自己有沒有好好走路。全身籠罩著一股莫名的虛浮感，景色也變得模糊。而把這樣茫然自失的我拉回現實的……

「嗚哇～～～～～～！我不要！我不要這樣～～！咿！咿！」

是蒲公英哭喊的聲音……

呃……這到底是什麼狀況？

我回到旅館裡棒球隊隊員聚集的房間一看，看到的是大哭的蒲公英，以及安撫她的其他隊員。

「蒲公英，別哭了啦。妳也知道，她一定是有什麼苦衷啦，不然哪可能這樣。」

「我、我才不管什麼苦衷！我……我就是不要！我才不要她道什麼歉！只要她跟我們一起就夠了！嗚哇～～～～！」

穴江鼓勵蒲公英，但毫無效果。

「唔。這可傷腦筋啦……我是很想想點辦法……」

「沒辦法吧。還是讓她哭個夠吧。」

屈木學長不知所措，樋口學長則顯得很冷靜。

只是仔細一看就會發現樋口學長的手浮躁地動著，看得出他多少也有點動搖。

「啊！小桑！你總算回來啦！我們都在等你！」

「……等我？」

芝一看到我，立刻跑了過來。說等我是怎麼回事？

「其、其實就在剛剛，我們收到了聯絡…………是 Anemone 打來的電話。」

「咦？」

「你還記得吧，之前我們不是把聯絡方式寫在紙上交給她嗎？我想她大概就是照紙上寫的號碼打電話吧，總之我、穴江、屈木學長、樋口學長，還有……………蒲公英，都接到了電話。」

你說……Anemone 打了電話來？

難不成是 Anemone 跟我見面之前或之後聯絡了大家？

「Anemone 突然對我說『對不起，給你添麻煩了。甲子園的比賽請加油』……她對其他人好像也說了差不多的話。」

Anemone 果然已經不打算再跟我們見面了……

所以才會鼓起最後一點力氣，跟大家說最後幾句話吧……

「然後電話就掛斷了，只有蒲公英繼續纏著拜託她：『Anemone 學妹！我想見妳！明天的練習請妳來參加！』結果 Anemone 就說：『請妳忘了我吧。』然後她就一直哭……」

「咿！咿！我、我怎麼可能忘記嘛！Anemone 是我最寶貝最寶貝的學妹，是我非常喜歡的人！我想再見到她！」

就是說啊，我很清楚蒲公英非常喜歡 Anemone。

可是，沒辦法……我們再也見不到 Anemone 了……

「傷腦筋。真沒想到事情會變成這樣……」

「就、就是啊！這可麻煩啦！」

我隔了短暫的停頓，然後以「小桑」的態度這麼說。
就算把真相告訴大家也無濟於事。Anemone 就要消失了。
與其把這麼令人悲傷的事情告訴大家，還不如當作她就這麼離開了。
因為這樣就能讓他們留下也許將來還見得到面的希望，哪怕這希望是虛假的……
「……小桑，你知道些什麼吧？」
真不愧是我的搭檔，還挺敏銳的嘛……可是，我不打算說啊。
「不，我什麼都不知道！哈哈！不過算了啦，這也沒辦法吧！」
「……不要……說謊！」
「……唔！」
可是，這謊言對芝不管用。芝情緒激昂，一把揪住我的胸口，強而有力地大喊：
「我之前也說過吧！叫你不要什麼事都一個人扛！小桑怎麼可能對 Anemone 的情形什麼都不知道！可是你隱瞞不說，就表示這個問題就是這麼重大吧！就是這麼棘手吧！不管問題多棘手都沒關係！可是啊，千萬不要一個人悶在心裡！我們不是同一隊的嗎！你的問題，就是整個球隊的問題！」
「……唔、芝。」
「小桑的確很厲害！你是我們隊上的王牌，是我最崇拜的球員……可是，就算這樣，你也不用什麼事都自己一個人處理！棒球是團隊運動！你一個人贏得了比賽嗎？想也知道不可能吧！所以，說出來！把你悶在心裡的事全都給我吐出來！我都說到這樣了，你要是再不說，我就賞你一……唔哇！」

「嗯！我們都懂芝的想法了，但是不可以動手啊！」

芝剛對我舉起拳頭，屈木學長就從背後牢牢架住他。

「我們先冷靜下來吧。投捕搭檔在比賽前打架，未免太離譜了。」

接著樋口學長也有點傻眼，攔在我和芝之間。

……嗯，好險。畢竟要是搞出暴力事件，在各方面都會很不妙。

「也是啦，芝做的事是不值得誇獎，但說的話倒是很有道理吧。小桑，你應該知道內情吧？坦白說，從廟會隔天你就怪得有夠明顯，只是我和屈木談過，決定尊重當事人的意思，只是這也只能到此為止……趕快說出來。」

唔！原來是這樣……不過學長說得沒錯，一般都會發現吧……

「就是這麼回事，小桑！我以隊長身分命令你！把情形告訴我們！」

兩位學長都毫不留情啊。所謂不容分說，就是這樣的情形吧。

「大、大賀學長對 Anemone 學妹的事知道些什麼嗎！是的話，請告訴我們！我也想知道！唔哼～～！」

「呃，那個啊……」

「小桑～～芝都做到這地步了，你好歹也老實一點吧～～？而且我也好擔心 Anemone，擔心得坐不住啊～～」

「穴江……」

我只想靜靜沉澱，卻給我把事情鬧大……

不，大家也很拚命。他們真的很擔心 Anemone，才會不擇手段也要從我口中問出來。對這樣一群傢伙，不好好說明情形……實在說不過去……

而且，芝說得沒錯。這個問題大得不是我一個人扛得起的。

既然這樣，我就乖乖依靠這群伙伴吧。棒球是團隊運動。

因為這是一種只靠自己一個根本沒搞頭的運動啊……

☀

「——就是這麼回事。對不起，之前我都瞞著大家……」

然後我把所有的情形說給大家聽。

Anemone 的本名叫牡丹一華，是桑佛高中球員牡丹大地的妹妹。以前在西木蔦高中附近發生的一起車禍，受害者就是牡丹一華。這場車禍造成 Anemone 這個少女誕生，一旦記憶恢復，Anemone 這個人格也會消失，讓牡丹一華出現。然後，今天我見到 Anemone，聽她說了這些……這一切，我都說了。

「原、原來如此……一時間難以置信，但如果是這樣就說得通了啊……」

陷入沉默的旅館房間裡，最先說出這句話的是隊長屈木學長。

他雙手抱胸，深深嘆氣。

「……所以 Anemone 才要蒲公英忘了她啊？因為即使有機會再見到，到時候她也許已經成了另一個人……」

「是。我想大概就是樋口學長說的那樣。」

「什～～麼嘛！我還以為 Anemone 學妹討厭我，害我嚇了一跳！可是知道沒有被討厭，我就放心了！真是的！Anemone 學妹好俏皮喔～～！唔哼哼哼！」

不知道蒲公英是沒搞清楚事情的嚴重性，還是得知並非被 Anemone 討厭就放心了，露出開朗的笑容。

這想法非常失禮，但我就是覺得這種時候傻子好強大啊……

「沒有什麼手段嗎？讓 Anemone 不用消失的方法……」

「不知道。畢竟以前從來沒有這樣的經驗……」

「……這樣啊？是啦，說得也是……」

樋口學長不慌不忙，靜靜點頭。

屈木學長也好，樋口學長也罷，看他們即使聽到這種情形都仍一派鎮定，就覺得：「啊啊，他們當三年級生真不是當假的。」到了明年，我能變得像他們這樣嗎？

「我說小桑，所以 Anemone 大概還剩多少時間啊？」

「芝，我也不知道。只是，她說『今天就是最後一次』，所以，已經……」

「……這樣啊。」

「那 Anemone 會就這樣消失嗎？她當棒球隊的經理，和我們一起努力過的記憶，全都會不見嗎？」

「啊……嗯。畢竟 Anemone 和牡丹一華的記憶似乎不是共通的。」

「……真的假的？」

穴江啞口無言。碰上這種天外飛來一筆的問題，想也知道腦子會一團亂。

像我也完全不知道該怎麼辦才好。

「「「「…………」」」」

沉默籠罩整個房間。

如果可以，我的確想再見 Anemone 一面……但這已經不可能了。

Anemone 自身不希望如此固然也是原因之一，但先前大地同學透過旅館聯絡我們：「現在一華處在非常不穩定的狀態，所以今後希望你們不要再跟她來往。」

坦白說，我並不是毫無疙瘩，但大地同學決定至少今天這一天破例順我的意，為我採取了行動。考慮到這一點，就說什麼也無法責怪他。

我很明白……大地同學他也是很拚，為了找回牡丹一華……

可是，這樣的結束方式會不會太過分？照這樣下去，她會孤伶伶地一個人消失。

我不能容許這種情形……

「請問～～……大家為什麼都擺出這麼為難的表情？」

這時房間裡響起這樣呆愣的聲音。說話的人是蒲公英。

「那還用說？因為照這樣下去，Anemone 就會消失——」

「唔哼！唔哼哼哼！穴江學長真傻耶～～！我們明明就有方法讓 Anemone 學妹不要消失啊！」

「蒲公英，妳在說什麼……」

「很簡單！只要我們西木蔦高中在甲子園拿下冠軍就可以了！」

「「「「啥！」」」」

我們不約而同發出狀況外的疑問聲。

「你們想想！我們不是和 Anemone 學妹約好了嗎！說要讓她看到我們在甲子園奪冠，變成第一名！也就是說，只要達成這個約定，Anemone 學妹就不會消失！」

呃，我說真的，這女的到底在講什麼？

「我和她一起當過經理，對她非～～常清楚！Anemone 學妹非常喜歡棒球，喜歡我們西木蔦高中棒球隊！所以，只要我們好好遵守約定，讓她留下超～～級美妙的回憶，她就一定不會消失！唔哼哼哼！」

「我說啊，蒲公英……就算在甲子園奪冠，Anemone 大概還是不會回來啊。我們的狀況已經完全卡死了吧……」

大地同學之所以想採取那樣的手段，終究是因為一華原本就存在，他才會想透過讓她看到他們在甲子園奪冠的情形來刺激她的記憶。

但對於新誕生的人格 Anemone，同樣的手段……大概不管用……

「大賀學長！遇到卡關的時候該怎麼辦？以前我不是好好教過你嗎！你已經忘了嗎？」

「妳說……教過我卡關時的方法？」

「真拿學長沒辦法耶～那我就破例再教學長一次！唔哼！」

蒲公英站起來，很跩地挺起胸膛，然後深深吸一口氣。

「很簡單，就是想著重要的人來練習！因為精神的堅強也會對身體帶來強大的影響！只要盼望能為了這個人贏球，身體自然就會跟上！最後決定勝敗的不是身體的強弱，是精神的強弱！重點就是心意啊！心、意！」

「這……」

「大賀學長！我好喜歡 Anemone 學妹！大家也都好喜歡 Anemone 學妹！所以，她會感受到我們的心意！願望會實現！絕對，真的絕～～～對會實現！」

怎麼會這麼有自信……明明沒有任何根據，她卻充滿了幹勁。

「如果大家還是覺得不安……」

蒲公英說著拿出的是一根樹枝。

這……是蒲公英不怕遭天譴，折下帶來的成就樹樹枝。

傳說中這棵樹可以幫人實現一個願望，無論什麼樣的願望都可以……

「來，各位！我們就對它許願吧！」

蒲公英帶著滿臉笑容，把成就樹樹枝遞向我們面前。

哈哈，真的好猛啊。妳知不知道事情的嚴重性啊？

不讓 Anemone 消失，就意味著牡丹一華要消失耶。

之前一直和她一起生活到今天的大地同學，還有她的家人、朋友也都想念她…………可是，這種事我們大概不用管吧。艱澀的事情，就留到事後再說。

「哈哈哈！蒲公英，好主意！我跟了！我也來許願！」

「屈木學長，我也贊成！我就來為 Anemone 把願望給他許下去吧！」

「也好，反正目標是冠軍這點沒有不同，是順便啊。好啊，我也來許願。」

「我當然也贊成，畢竟還沒介紹 Anemone 跟我妹妹認識。」

彷彿要揮開這沉重的空氣，屈木學長、穴江、樋口學長、芝都一一贊同蒲公英的提議。

可是，看到他們四個人的表情，我不由得察覺到了。大家都很明白……

明白即使我們在甲子園拿到冠軍，Anemone 也會消失。

即使是這樣，我們仍然跟了蒲公英的提議，並不是因為死命抓著那一線希望不放。

而是因為在甲子園奪冠從一開始就是我們的目標。

沒錯吧……不管有沒有 Anemone 這些事情，甲子園冠軍都是全國高中球兒的夢想。不把這個當目標，又要拿什麼當目標？

就讓我們順便達成和 Anemone 的約定吧。

「嘿嘿！蒲公英，好主意！我當然也跟！」

所以，我這麼說。哪怕她是虛假的人格，我仍然是她的王子。

在公主面前就是沒辦法不耍帥。

偶一為之無妨吧？……偶爾正面抵抗一下所謂的圓滿結局。

「唔哼哼！那麼，大家，我喊預備就一起許願嘍？準備好了嗎？」

蒲公英把成就樹的樹枝舉向我們的正前方，然後……

「預～～備…………」

「「「「請不要讓 Anemone 消失！」」」」

我們齊聲對成就樹的樹枝許下了這個願望。

第六章

勝者從缺的決賽

從我們大家一起對成就樹的樹枝許願，大約過了兩週。

「好！大家上！」

「「「上！」」」

板凳區迴盪著屈木學長豪邁的號令聲，我們聽令走向球場的本壘。

終於……終於走到這一步了……

「呀啊～～！好大的聲音啊～～！」

「穴江，不要東張西望。」

球場內歡聲雷動。我們一路走來，已經聽過很多次這樣的歡呼，但這次會特別陶醉在感慨之中，是因為這一天是個特別的日子——呃，要想這種事還太早了啊。

因為重頭戲才正要開始。

全國高中棒球錦標賽，決賽。這決賽馬上就要在這裡——阪神甲子園球場進行。

至於對戰組合，首先是去年夏天及今年春天的霸者桑佛高中。

再來是………第一次打進甲子園的西木蔦高中——也就是我們。

今天早上看到的電視新聞還做了叫「西木蔦讓人連連跌破眼鏡！他們是否將勢如破竹一路奪冠？」這樣的特輯。看來對追求戲劇性的大眾傳媒而言，第一次打進甲子園的我們比常勝軍桑佛高中更符合他們的需求。

我固然覺得這些媒體之前明明沒怎麼報導過我們，現在還真會見風轉舵，但這同時也是我們終於得以和桑佛高中比肩的一刻，讓我們能充分感受到成就感。

真的……總算……總算打到決賽了。

沒有一場比賽是輕鬆的，覺得「如果要這麼痛苦，不如輸掉圖個輕鬆」，差點想逃避。也有過絕望，覺得「不行了，我們會失去一切」。

即使如此，我們還是在極限邊緣，驚險地勉力頂住了。

每一場勝利讓我們嘗到的，都是被夾在幸福感與罪惡感之間的感覺。

我們把許多高中球兒踩在腳下，才會站在這裡。

不存在讓所有人都得到幸福的圓滿結局……甲子園就是這樣一個地方。

正因如此，這個世界才會如此可貴、美麗……又悲傷。

等將來自己長大成人，還有辦法像這樣莽撞地去做一件事嗎？

——這種事大可等到長大成人之後再去想。

「哎呀呀……沒想到這個世界還真的有神啊。」

隔著甲子園的本壘板，站在我斜對面的人……牡丹大地說出了這句話。

也對。我本來就覺得只要一路打贏，遲早會對上他們，但沒想到會一路打到決賽才對上啊……

「終於可以和你們比賽了。坦白說，我從昨天就期待得不得了，幾乎都睡不著覺。我會用全力打垮你們，你們可要覺悟了。」

「你準備好周到喔，竟然已經準備好輸球時要說的藉口。」

「你真敢說啊。那麼，我打輸的時候，就讓我說一句：『輸球的原因是睡眠不足～～饒了我們吧～～』」

明明沒打算輸，嘴上還真敢講。

「順便問一下，大賀同學，你的狀況怎麼樣？」

「萬全。只有現在，我會卯足全力專注在這場比賽上。」

「……嗯，跟我一樣吧。」

不是平常那種裝傻的開朗笑容，也不是充滿絕望的悲傷笑容……就只是一種純真而專注的笑容。是熱愛棒球的……我所崇拜的大地同學的笑容。

想到馬上就能和這樣的人比賽，我就滿心雀躍。

之後兩隊互相一鞠躬，喊出「請多指教！」這聲固定的招呼後，我們——西木蔦高中棒球隊先回到了板凳區。

「唔哼哼！請大家加油喔！距離冠軍只剩下一步了！」

我們回到板凳區後，經理蒲公英以天真的笑容迎接我們。

其實本來還有另一個人——就算不是在板凳區，也希望這另一位經理能陪在我們身邊。
我和她在甲子園開打前夕見過一面，之後就誰也沒再見過她。
「好！蒲公英，包在我身上！」
「我妹妹也來看球了，可不能讓她看到我不爭氣的模樣啊。」
「好～～！看我好好大展身手，抓住受女生歡迎的機會～～！」
「穴江，你不要得意忘形，趕快走啦。」
「哈哈哈！大家真靠得住啊！」
沒有一個人……就連蒲公英，都沒說出她的名字。
那一天……大家一起對成就樹許願的那一天，我們就決定了。
無論有什麼樣的苦衷，我們都是高中球兒，應該卯足全力打棒球。
所以在甲子園結束前，就別再提起她的名字。
要說出她的名字，就等達成約定……在甲子園奪得冠軍之後再說。
一號打者樋口學長站在打擊位置，二號打者穴江走向打擊準備區。
「開球！」
裁判的呼喊高聲迴盪。
桑佛高中的投手瞪著站在打擊位置的樋口學長。
第一局上半，我們先攻。

全國高中棒球錦標賽決賽終於開始了。這成了一場壯烈的投手戰。

首先是我們的攻擊，很遺憾，三個人都沒什麼表現。

對方投手的確厲害，但最棘手的還是守游擊手位置的牡丹大地。

一號打者樋口學長帶頭打出一記犀利的安打，但被大地同學所阻，遺憾地就此出局……他的守備範圍大得無與倫比，恐怕比一般球員大了兩圈。

下一棒的穴江以及第三棒的我，很遺憾都只打出高飛球與無力的滾地球，三人出局。

接下來是一局下半，輪到桑佛高中攻擊……

「等比賽結束，要讓我好好還妳啊……」

我用力握住放進口袋的護身符，小聲喃喃自語。

……三秒鐘後，我放開護身符，轉而用力握緊球。

好啦，期待已久的大舞台來啦！就讓你們見識見識我的實力！

第一球，我全力投出以往一直投出的直球。球速超出一號打者的意料，甚至球都進了捕手手套他才揮棒。同時西木蔦高中的觀眾席傳來的加油聲給了我更多力量。

我一鼓作氣把一號及二號都三振後，三號打者擊出一記強勁的滾地球。但彷彿要對剛才的大地同學還以顏色，游擊手樋口學長飛身接球。

結果這一球由游擊手接住後傳一壘，三人出局。

——二局上半。

「……唔！」

「哈哈哈！芝，你這記全力揮棒很棒啊！」

「對不起……屈木學長。」

屈木學長豪邁的說話聲連板凳區都聽得很清楚，芝則對他道歉。

二局上半，首先由四號捕手芝上場打擊，但遺憾地打出中外野高飛球。這一球擊中的位置不理想，劃出很高的拋物線，但不太往前飛，落入了中外野手的手套之中。一人出局。

「沒什麼，不用放在心上！難得第一次在甲子園決賽輪到打擊！與其弄得鬥志萎靡，不如什麼都不想，放膽揮大棒要來得痛快！好了，守備面的功勞都被小桑和樋口搶走了，所以攻擊就由我來搶吧！」

他不管處在這麼樣的狀況下，始終都保持不動的自信，真的讓人覺得很靠得住……但屈木學長的賣點就是與他的個性如出一轍的豪邁揮棒，所以經常被三振啊。

對於力量與力量的對決很拿手，但對力量與技術的對決就很弱。屈木學長就是這樣一個打者。

「該死！那個投手到底會投幾種變化球啊！」

芝回到板凳後開口咒罵。桑佛高中的投手類型跟我不同，是運用變化多端的變化球，不靠三振，而是會讓打者打到球的對手。

其中最棘手的就是滑球。對我這個右打者而言，球會往遠離球棒的方向偏，對左打者芝而言，則會往內角直逼而來，是一種非常難纏的變化球。

「芝，不要不耐煩。生氣也解決不了任何問題吧……不用擔心，就算你打不到，屈木也會打到的。」

樋口學長說得格外充滿自信，但我看更沒指望吧？

「呃，屈木學長不太適合對付那個投手吧？」

芝似乎也知道這點，顯得不太好開口，但仍老實地說出來。

坦白說，我也愈想愈有一種預感，屈木學長會被變化球戲弄而出局。

「嗯？你說這什麼……噢，對喔。你說了我才想到，都沒跟你們說過屈木的祕密啊。」

「屈木學長的……祕密？」

「他當上隊長時改了打擊方式。因為他覺得只要身為隊長的他總是全力揮棒，其他隊員大概也不用顧慮太多，不怕三振，勇敢揮棒。你們回想看看，你們一年級時的屈木……」

樋口學長說到這裡，球場上傳來球棒擊中球的輕快聲響。

不用說也知道發生了什麼事……打中了！屈木學長擊中球了！

球劃出漂亮的弧線，飛往觀眾席。

很遺憾，球並未飛到觀眾席，但仍是一次長打。是漂亮的二壘安打。

「就像那樣，他不也做得到細膩的打擊嗎？不過看起來他本人是想打一支全壘打，所以表情顯得不太服氣就是了。」

聽他這麼一說，朝站在二壘的屈木學長看去，發現他果然歪著頭，露出有點不滿意的表情。

哈哈！我第一次看到屈木學長露出那種表情。

「那就是我們的隊長……怎麼樣？靠得住吧？」

「「是！」」

樋口學長像是在說自己似的自豪，我們也連連點頭。

我真的痛切感受到還好他們是我們的學長。

「好了，第一支安打由我們打出來了，相信桑佛高中一定很不是滋味吧。」

沒錯。接下來拿不拿得到分數還說不定，可是，這個局勢很棒。

比賽的局勢會浮動。我們隊長的第一支安打就很能抓住這浮動的局勢。

而且還是從常勝軍桑佛高中手下打出的安打，再來只要能夠得分……就肯定可以掌握住局勢。

然而，事情沒這麼順利，後續的打者被解決了。

對方投手的投球會就此亂了套當然是最好，可是沒這麼簡單啊。

——二局下半。

站上打擊位置的人微微加快了我心臟的鼓動。

終於……和這個人分個高下的時候終於來了。集全國高中球兒崇拜於一身，桑佛高中的四號，同時也是今年最受矚目的打者……牡丹大地。

大地同學打到這裡，在甲子園的總打擊率是0.712……這成績簡直是怪物。可是，我也不輸他啊。我在甲子園的防禦率是0.65，一路打到決賽，幾乎沒被得分。

「…………」

……嗯？怎麼？大地同學露出剽悍的微笑看著我耶。

他到底想做什……呃，那是……！

「「「喔喔喔喔喔！」」」

大地同學採取的行動讓桑佛高中的觀眾席傳來盛大的聲援。

他做的事情很單純……就只是拿球棒指向計分板。

也就是全壘打宣言。

挺有意思的嘛……那我也奉陪到底了。

「「「喔喔喔喔喔！」」」

這次換西木蔦高中的觀眾席傳來不輸給桑佛高中的歡呼。

我做的事情也很單純，就只是把自己握球的方式秀給大地同學看。

對這個人的第一球要投什麼球，這個問題我從一開始就決定了。

我最強的變化球……指叉球，除此之外不作他想。

「小桑～～！儘管給他投下去啊！」

花灑，謝謝你直到今天，每天都來加油……你在等一下。

再過不久……再過不久，就能讓你看到我們變成全日本第一的那一刻了。

大地同學握好球棒，之後就只等我投球。

「有本事……」

我以誰都聽不見的小音量說出心聲，同時進入投球姿勢。

身體扭轉得讓對手看到我的背，就這麼一口氣……

「你就打啊！」

投出了球。

「好球！」

裁判高聲呼喊。同時桑佛高中的加油席變得鴉雀無聲，西木蔦高中的加油席發出更勝於先前的歡呼聲。

那是當然。大地同學明知我要投指叉球，卻還是打不中。

因為他揮棒落空了。想來他也看了先前幾場比賽的錄影，擬定了對策，但實際體驗就知道完全不一樣。他的眼睛瞪得要多大有多大。

「好球！打者出局！」

接下來連續兩球我都只投指叉球，三振了大地同學。

真是遺憾啊。我的球哪有這麼容易讓你打出全壘打？別把人看扁了。

第一打席是我獲勝。之後的打者也是球棒連擦都擦不到我的球，我一路三振了三名打者，把二局下半也壓制在無失分。

接下來，本以為彼此都沒有得分，所以勢均力敵，但局勢其實正逐漸轉為對我們有利。

首先是三局上半……西木蔦高中攻擊，儘管八號、九號打者都出局，但樋口學長打出安打上壘。這場比賽中的第二支安打也由西木蔦高中打出來了，只可惜接在後面的穴江被三振，三人出局。

之後的三局下半，桑佛高中攻擊，再度三名打者三振。也就是說，在這個時間點，我拿下的三振數是8。除了桑佛高中三號打者以外，他們甚至連讓球棒好好擊中球都辦不到。

接下來是四局上半，三號的我打出二壘方向滾地球而出局，但之後的芝和屈木學長打出安打，迎來了一人出局，一三壘有人的絕佳機會。對方投手承受的壓力似乎相當沉重，球路漸漸開始亂了。連續兩球投出壞球之後，第三球不夠犀利，六號打者漂亮地擊中球……但這個時候桑佛高中展現了他們身為超級名校的拚勁與底蘊。

換作是先前的對手，肯定已經成了安打，但在二壘手精彩的表現下形成了雙殺。很遺憾，我們西木蔦高中錯失了得分的良機。

沒得分固然令人懊惱，但這局勢非常好。

桑佛打不出像樣的安打，西木蔦漸漸打出安打。

這樣的比賽狀況連外行人也看得出哪一方占優勢。

然後……

——四局下半。

現在的狀況是兩人出局，一壘有人。雖然沒被打出安打，卻是我的失誤，給了對方四壞保送。也因此，打擊位置再度站上了他……牡丹大地。

他完全沒有先前那樣的表演，反而有著厲鬼般的表情。

這也難怪。畢竟桑佛高中到現在還沒打出一支像樣的安打。

從他的表情可以清楚看出，他認為身為四號打者的自己最應該打出安打。

……太天真啦。哪怕我們占優勢，我們也不會有任何鬆懈。

接下來也一樣，哪會讓你們打出一支安打！

「…………！」

「好球！」

第一球，大地同學揮棒想打我的指叉球，但很遺憾，球種是直球。我已經不打算再像剛

剛那樣優待你了。

這反而正如我所算計。在上一打席，為了讓球路深深烙印在他的腦海裡，我特地三球都投了指叉球。刻在腦海裡的形象沒這麼容易揮開。

不管怎麼告訴自己要來的是直球，一旦想到指叉球就會有破綻。

我就針對這個破綻下手。

「…………！」

「中外野，球去啦！」

芝大聲呼喊。第二球，我再度投出的直球被大地同學擊中。

然而，大概是他的擊球時間點有那麼一些沒抓準。

很遺憾，球劃出不可能變成長打的無力拋物線，飛往中外野。

不用擔心。照那樣子，中外野手穴江會……

「……咦？」

這時，甲子園突然吹起了一陣風。是甲子園特徵之一的海風。

之前的比賽中我們也經歷過幾次，但從不曾這麼強……不妙！球的軌道變了！

「回傳本壘！快！」

芝再度呼喊。和先前的喊聲比起來，明顯充滿了焦躁。

本來應該能輕鬆接殺的這一球，被海風吹得偏離了原來的軌道。

穴江發現不對勁，發揮他的飛毛腿。追是追上了，但最重要的是接球。只見球一度收進手套……然後掉了出來。

「該死啊～～～！」

穴江握緊球，全力投出。也因為已經兩人出局，一壘跑者確實依照理論在投球的同時全力奔跑，已經跑到三壘了……快……快啊！

「喝啊～～～！」

「……唔！」

球終於收進芝的手套，但跑者也已經跑回本壘。

芝全力想守住本壘，然而……

「安全上壘！」

裁判的喊聲對我們宣告出無情的事實。

計分板上的桑佛高中那一行顯示出數字「1」。

……沒辦法啊。這種事情，我們之前也經歷過好幾次。

不管做得多完美，往往還是會因為外在因素而陷入困境。

重要的是接下來。所以，要轉換心情，不可以放在心上……

我這麼告訴自己，但是……該死……哪有這樣的啦……

「對不起！真的，對不起！要是我……要是我把球接穩就好了！」

四局下半結束，穴江拚命對回到板凳區的我們道歉。

但沒有一個人責怪他。

「唔、唔哼！不用擔心！才第四局！接下來讓我們好好反敗為勝吧！」

「那種球，就連職業球員都會漏接。穴江反而應該為了追得上那一球而自豪。」

「蒲公英、樋口學長……」

「好啦，轉換心情、轉換心情。蒲公英說得沒錯，只要反敗為勝就好，沒有任何問題……沒錯吧，穴江？」

「……對！就是這樣！」

穴江勉強振奮起精神。本來還很擔心會影響到他之後的表現，但看來是不用擔心了。沒錯，沒有任何問題，只要反敗為勝就好。

對方沒辦法讓球棒好好碰到我的球，但我們不一樣。

我們確實漸漸地愈來愈習慣那個投手，所以……應該拿得到分數。

棒球以外也一樣，一旦失去有利的局勢，要再找回來就非常困難。

接下來的五局、六局、七局，我們西木蔦高中的樋口學長、屈木學長、芝和我等人都分別打出安打，但打線無法順利串連，沒能得分。

總覺得我們失去有利局勢的同時，連運氣也一起失去了，有時甚至打出犀利的平飛球，卻飛往三壘手正面而被接殺出局，令人不由得歪頭納悶。

當然我也沒有被得分……但我難以擺脫被對方先得分的影響，四壞保送也變多了……真沒出息。

到頭來，我終究只是個還未臻成熟的高中生啊……

只是我還是拚著這一口氣，沒讓桑佛高中打出任何一支安打。

不用擔心……只要這樣繼續壓制對方打擊，機會一定會來臨。

哪怕是多麼小的機會，我們也一定會抓住……

——八局上半。

「好、好了，各位！八局上半我們的攻擊就要開始了！上場打擊順序是從九號開始！對方還沒打出安打，我們卻慢慢打出來了！所以，這個時候我們就來個漂亮的反敗為勝吧！唔、唔哼！」

蒲公英講話斷斷續續。她本人是盡量擠出了笑容，卻顯得有些僵硬。

原因就是維持在「1－0」不動的計分板，因為我們仍然沒有得分。

安打是打得出來，但打線總是不太連貫，沒能得分。

甚至讓我們產生一種錯覺，彷彿三壘與本壘之間有一堵看不見的牆壁在阻礙我們得分。

「還剩兩局……還有機會。下次上場打擊，我絕對會打出安打。」

「是啊……你說得對，芝。」

芝身為四號打者，在甲子園一路挺進到現在的這幾場比賽，讓他有了自信與責任感，說出了這樣的決心。我多用了點力道在他背上一拍，希望他的決心能一路送到本壘。

「我說啊，小桑、芝。」

「嗯？怎麼啦，穴江？」

這個忽然找我們說話的人是穴江。他的表情沒有半點平常那種胡鬧，顯得認真，又有點像是感到窘迫。

「對不起啊……之前我還說要展現銅牆鐵壁的守備，結果卻搞成這樣。」

「不，這不是你的錯……」

「不管有什麼樣的理由，失誤就是失誤。」

穴江一邊看著計分板上「E」欄所顯示的「1」這個數字，一邊說道。

「而且從一號到五號，就只有我沒打出安打。樋口學長、小桑、芝都打出了安打，屈木學長更是目前所有打席都打出安打。我覺得自己好沒出息……」

不妙……本來以為他已經振作起來，但大概是打到現在都沒得分，實在太難承受了。

穴江的表情迅速轉為黯淡……
「也是啦，你說得沒錯，而且還說得很悲愴來耍帥，更是惡劣。」
「這！樋口學長！我是很認真在沮喪——」
「犯下失誤的傢伙如果能搶回失分，大概會帥氣得不得了，保證會受女生歡迎吧？」
樋口學長賊笑兮兮地這麼說。
「這、這個……」
「沒關係啦，最壞的情形，來個犧牲打也沒關係。我會打出安打，你就把我送上二壘……然後小桑打出安打追成同分，再下來的芝打出全壘打，這樣就反敗為勝了。」
樋口學長你等一下，給我和芝出這種難題，還講得若無其事咧。
尤其芝要達成的難度更高得非比尋常。
「哎呀！那豈不是變成小桑和芝會受女生歡迎了！他們在甲子園幾乎沒丟過分數，現在已經成天讓女生尖叫了好不好！」
「啊，你發現啦？既然這樣，穴江你也該多加油，讓自己受女生歡迎啊……啊，攻擊差不多要開始啦。那我在一壘等你，你也趕快給我過來。」
樋口學長說完就一隻手拿著球棒，走向打擊準備區。
穴江被他說得回不了嘴，啞口無言。
「他對我真的有夠狠心啊……」

穴江嘴上抱怨，但看他的表情就知道他已經恢復了活力。

「我說啊，小桑、芝，面對那個投手，我大概打不出全壘打。而且，我想連安打都很難，所以為了設法上壘……」

穴江說到這裡先頓了頓。

正好就在這個時候，九號打者打出內野滾地球而出局，走了回來。

也就是說，輪到穴江走向打擊準備區了。

「為了上壘……穴江，你要怎麼做啊？」

「……我去獻上我的初吻。」

「什麼？」

呃，你講話沒人聽得懂耶，為什麼要上壘就要獻上初吻？

「啊～～……芝，穴江說的話你聽得懂嗎？」

「不，完全不懂……」

就是說啊。不過沒關係啦，穴江有時候就是會講出一些怪話，就別在意了吧。

倒是樋口學長的打席……

「我來…………打出安打啊！」

樋口學長那與他個性不合的強而有力的喊聲一路傳到板凳區，同時球棒發出了輕快的聲響。

樋口學長打出的球犀利地穿過了一二壘間，形成安打。他真的……說到做到，打出了安打。

只是，問題在於下一棒是穴江。他剛才說了「去獻上初吻」之類讓人莫名其妙的話，不知道要不要緊，總覺得怎麼想都不放心。

不管怎麼說，下一個就輪到我上場打擊，所以就走去打擊準備區吧。

然後，當我看著穴江……

「好球！」

第一球很明顯是錯失了好球，但穴江的表情看得出有點老神在在。

他真正的目的是什麼？……嗯？他剛剛打的手勢……竟然是犧牲打？

穴江這小子搞什麼鬼啊？講些莫名其妙的話，到頭來還是照樋口學長的吩咐，把難題丟給我和芝？而且要是穴江出局，就是兩人出局……呃，那是！

「…………來喔！」

穴江不起勁地低喊這麼一聲，照手勢宣告做出觸擊。

但這觸擊不是犧牲打…………是安全觸擊！

穴江打出的球無力地滾往三壘線。三壘手急忙去撿球，但若要問起我們隊上腳程最快的是誰……答案就是穴江。

穴江以全速奔向一壘。三壘手撿起球，犀利地傳向一壘。

球將到未到之際，穴江已經一個飛撲滑壘衝了過去。
「安全上壘！」
「痛痛痛……作戰大成功！」
穴江一臉栽到一壘壘包上，但仍做出握拳的姿勢。
哈哈……原來是這樣喔？的確是個很棒的「初吻」啊。
既然這樣，我身為三號打者，就把甜頭全部拿走吧。
「…………」
我握住球棒的手自然而然用力起來。
我舉好球棒瞪著投手，結果對方似乎因為處在一人出局，一二壘有人的危機局面，一臉迫切的表情擦著汗。
看樣子……可以看準第一球就打啊。我也是投手，所以很清楚對方的心情。
愈是危險的時候，愈會想拿到好球數。所以，絕對…………來了！
「…………嗯！」
我猜得沒錯，對方投手投出的第一球是球路有點不夠犀利的直球。我的球棒漂亮地捕捉到了這一球。擊出的球犀利地平飛，往二壘手與游擊手間……什麼！不會吧！
「…………呼～～」
鬆了一口氣站起來的，是桑佛高中背號四號的游擊手大地同學。

……被擺了一道。本來我擊出的球無疑會形成安打。

但守游擊手位置的是超級名校桑佛高中被譽為跑、攻、守三項全能的完美球員……牡丹大地。他趁我擊出的球觸地之前就往旁一跳，來了個飛身接殺。

也就是說，成了一記被游擊手接殺的平飛球。該死！難得樋口學長和穴江都上了壘！

「別放在心上。拿分數是四號打者的工作，不是嗎？」

我走向板凳區，和我擦身而過的芝對我這麼說。

現狀是兩人出局，一二壘有人。他對上我們隊的四號打者，所以也可以採取保送的手段。但等在後面的，是在這場比賽中所有打席都打出安打的屈木學長。

桑佛高中的投捕搭檔沒有要保送的樣子。也就是說……他要和芝分個高下。

或許是因為兩人出局，又或許是因為重新體認到自己身後有大地同學，投手的表情似乎恢復了幾分鎮定。

不妙啊。照這樣看來，多半沒辦法像我剛剛那樣出其不意……

「……壞球！」

第一球是往左打者芝的內角進逼的滑球。很遺憾地成了壞球，卻是這場比賽中最俐落的一球。真沒想到都到了這種關鍵時刻，還能發揮實力……

超級名校的王牌投手這個頭銜真不是……啊！啊啊！

「……喝……啊！」

第二球，又是往內角進逼的滑球。而芝跟上了這球。

是一記卯足全力……使出渾身解數的全力揮棒。他漂亮地以球棒的重心擊中了球。

球順勢劃出一道高而犀利的拋物線，直飛向右外野觀眾席。

……打出去了！他真的打出去了！那肯定是……

「啥？」

我不由得發出狀況外的喊聲。

……不是嗎？剛剛那一球本來肯定是全壘打。

本來絕對已經成了一支全壘打……

可是，結果卻是…………右外野高飛球。

就在最後關頭，只差一點點就要飛進觀眾席的瞬間，風又吹了起來。

……是那格外強勁的海風。

「三人出局！攻守交換！」

裁判的喊聲無情地迴盪著。已經跑回本壘的樋口學長與穴江啞口無言，芝也似乎因為太過震撼，在一壘呆呆站著。

……我說神啊，祢就這麼不想讓我們贏球嗎？

為什麼要做出這種事情？這是為什麼啦……為什麼……

「沒、沒關係的！還剩下九局上半的攻擊！而且，打者是從所有打席都打出安打的屈木學長開始！所、所以……所以……嗚、嗚嗚嗚……」

蒲公英眼眶含淚，但仍拚命忍著不哭。

還沒有。還要忍耐啊，蒲公英。還有一局，我們還有一局的攻擊機會。

所以，還不要死心……

——八局下半。

會場籠罩在交頭接耳的聲浪中，理由當然就是桑佛高中在這場比賽的成績。

桑佛高中雖然數度靠著四壞保送而有人上壘，但不曾從我們手下打出任何一支安打。而如果我們在九局上半沒能得分，這一局就會變成桑佛高中最後一局進攻。如果在這一局，他們還是沒有任何人打出安打……那麼即使少了一局的攻擊，桑佛高中就會以無安打的成績結束比賽。

而且打到這裡，我取得的三振數是17。出局數幾乎全都用三振就拿到了。

所以觀眾才會竊竊私語。超級名校桑佛高中對上第一次打進甲子園的高中，會在無安打的情形下贏得勝利，還是會落敗呢？這樣的緊張感連站在投手丘上的我都感受到，握球的手也自然灌注了力道。

「…………！」

站上打擊位置的是桑佛高中的二號打者。

他以厲鬼般的表情瞪著我，彷彿落後的是他們。

……我說啊，你知道嗎？我能變得這麼強，可不是靠我自己一個人的力量啊。

是因為有一直陪我奮鬥到現在的這群伙伴，有不管什麼時候都願意相信我的好友，以及賜給我指叉球的……一名少女。

是大家把我推上了這個高度，是大家讓我得以站在這裡。

哪怕只缺一個人都不行。就是因為有大家在，我才能成為現在的「我」。

所以，我就讓你見識見識……不是見識我的力量，是見識「我們」的力量！

二號打者、三號打者都被我以三振解決，兩人出局，無跑者上壘。

這一局最後站上打擊位置的，是桑佛高中背號四號，在甲子園打出最多安打的球員——牡丹大地。可是，他在這場比賽無安打。一支安打都沒打出來。

相信他自己也很清楚這意味著什麼。

大地同學迫切的表情就述說著這一點。

「……咦？」

大地同學採取的行動讓我不由得發出疑問聲。

大地同學站上打擊位置後並沒立刻舉好球棒，而是脫下頭盔，對我一鞠躬。

做完這個動作後，他接著朝桑佛高中的加油席深深一鞠躬。

我不由自主地跟著看向那個方向，結果看見一名少女。

她留著一頭及胸的長直髮，有著像是將正經八百的個性表露無遺的纖細雪白肌膚，跟美少女這個詞非常搭……這個女生緊緊抱著我借她的鬆垮垮的體育服，而大地同學就是在對她致歉。

啊啊……我想也是啊。妳果然也有來看這場比賽……

好久沒看到妳的模樣了。看到妳這麼有精神，實在是再好不過。

……可是，不是她。

她不是我所認識的「她」。哪怕外表一模一樣，卻是另一個女生……我真正希望來看比賽的女生沒有來。

大地同學結束了這個很長……長達十秒左右的鞠躬後，重新戴好頭盔，以直率的眼神看我，讓我很自然地覺得……他的眼神好漂亮啊。

「喝…………啊！」

第一球。大地同學雖然捕捉到了我卯足全力的直球，卻打成界外球。

擊出的球犀利地在柵欄上打個正著，讓粗暴的聲響迴盪在甲子園球場上。

「…………！」

第二球，我照芝的手勢，投出比偏低外角更偏出兩個球寬的球，結果大地同學揮棒落空。

這個壞球非常露骨，換作是過去的大地同學，絕對不會揮棒，但他仍然忍不住揮棒，多半是因為焦躁吧。芝……這引導漂亮啊。

好了，再來是第三球……就用這一球結束吧。

我投出的球當然只可能是「那種球」。

——公主必須好好幫助王子，畢竟我們要並肩作戰嘛。

是那個穿得鬆垮垮的公主送的，喜歡傳接球的王子投得出的最強變化球……

「……嘻嘻。」

「好球！打者出局！」

想也知道是指叉球。

「「「「喔喔喔喔喔喔！」」」」

西木蔦、桑佛兩邊的加油席都爆出了聲援。

這樣就是三人出局。第八局下半結束的這個時間點，我拿到的三振數達到20。

好了，九局上半……是我們最後的攻擊機會。打擊順序是從目前為止所有打席都打出安打的屈木學長開始。

看我們繼續追擊，反敗為勝！

——比賽剛結束。

「好了，去打招呼吧。」

屈木學長收起平常豪邁的聲調，說話聲音轉為沉穩。

就和現在變得鴉雀無聲的甲子園球場狀況非常相似。

結果整場比賽打下來，桑佛高中連一支像樣的安打都沒打出來。這個事實和比賽結果，讓坐在桑佛高中加油席的觀眾們也不知該如何看待，顯得不知所措。

至於西木蔦觀眾席會鴉雀無聲，理由應該是不用說了。

九局上半……屈木學長打出二壘安打，但之後的三名打者都沒打出球就出局。

也就是說，我們…………輸了。

計分板無情地持續顯示「1－0」的比賽結果。

「嗚、嗚嗚嗚嗚……怎麼可以這樣……怎麼可以這樣啦！」

蒲公英的哭聲迴盪在板凳區。在這之前，她都勉強守住最後一線，但大概是終於超過忍耐的極限了，雙眼溢出大滴的淚水。

「我們明明比他們厲害多了！大家沒讓他們打出任何一支安打！大家打出了好多安打！為什麼我們卻輸了！為什麼我們就非輸掉不可！嗚、嗚、嗚哇～～～！」

「蒲公英……棒球不是只有打擊跟守備，所以……」

「我知道！我當然知道啊，大賀學長！可是！可是可是！我們輸了的話，輸了的話……她、她就……她就～～……咿！咿！」

蒲公英似乎再也忍不住，說出這樣的話。

是啊……只有妳到現在還相信啊。

相信只要我們在甲子園拿到冠軍，她就會回來……

抱歉……抱歉……真的很抱歉，輸了比賽……

「我還沒有機會跟她一起去玩！連聯絡方式都還沒告訴我！身為球隊經理，也還有一大堆事情要教她！我還想聽她再叫我『蒲公英學姊』！我想她！我還想再見到她！唔哼～～！唔哼～～！」

「我知道，我都知道……」

我拚命安撫蒲公英，但毫無效果。她任由感情驅使，眼淚流個不停。

「蒲公英，不要哭啦～～！我、我也知道我來講這句話不太對，可是有時候就是會這樣啊！所、所以啊，這、這沒辦法……該、該死……我不想說一句沒辦法就算了啊！我也還想見她啊！該死！可惡啊～～～～！」

穴江想安慰蒲公英，反而自己哭了起來。

似乎就是被他這一哭引爆，其他隊員中也陸續有幾個人眼淚奪眶而出。

芝也包含在其中……

勉強忍著沒流出眼淚的，就只有隊長屈木學長，還有樋口學長跟我。

其他隊員全都流下了眼淚。

「…………」

最後列隊行禮時，隔著甲子園的本壘板，在我們對面排成一排的桑佛高中隊員們表情都憔悴得怎麼看也不像是勝者。他們的表情和我們一路打到這場決賽的路上敗給我們的對戰學校的棒球隊隊員很像。然而，即使看到他們臉上有著這樣的表情，我心中仍然沒有幸福感，也沒有罪惡感。

我就只是嘗到壓倒性的虛無感……

在這樣的情形下，站在我斜前方的大地同學說：

「……是、是……因為睡眠不足……饒……了……我們……吧……」

這不是在胡鬧，他很清楚這句話真正的含意。

「你們很了不起……我一直以為今年的我們是桑佛高中史上最強的球隊。不，實際上真的就是。但我們還是連一支安打都打不出來，你們好幾次都得到了得分的機會，我們就只是運氣太好。坦白說，我不想在比賽中再對上你們了。你們用壓倒性的實力打垮了我們。我承認……你才是甲子園第一的投手。」

「……是。」

我明白這些讚美是大地同學最大的誠意。

可是，我什麼感覺都沒有。我們真正想要的東西一樣都沒拿到。

無論得到多少讚美與喝采，我們必須面對的都只有輸球的事實……

「大地同學，請問，可以問你一個問題嗎？」

「什麼問題？」

「她……」

我還沒問完，大地同學就搖搖頭。

「跟你見面的那天就是最後一次了吧。從那一天以後，我一次都沒見到。」

是嗎？果然她已經……

「竟然連好好道歉的機會都不給我，她真的是個到最後都在折磨人的傢伙啊…………

Anemone她。」

大地同學第一次喊出這個名字。

之後，我們互相鞠躬說聲：「謝謝！」觀眾席就送來盛大的鼓掌與喝采。

這到底是送給哪一間高中……誰也不知道。

「咿！咿！嗚、嗚～～……嗚～～……」

我們結束了這一切後，沒有任何話可說，默默離開了甲子園球場的選手休息室。

被寂靜籠罩的空間中迴盪著蒲公英的啜泣聲。

走在最前面的是屈木學長，他身旁是樋口學長。他們就像要遮住球員們的眼淚，極盡所能地抬頭挺胸走。我走在最後面，就只是茫然看著大家。

就結果而言，我們打出的比賽內容非常值得自豪，這我明白。

可是，就差一步……真的就只差了那麼一步。

對不起，在最後關頭，我沒能遵守約定……

明明說好要讓妳看到我們帥氣的模樣，讓妳看到的卻是這麼遜的樣子。

——想這樣的事情也於事無補啊。

她消失了，再也見不到了。

她拿手的那種「嘻嘻」一笑的慧黠表情，還有明明很擅長捉弄人，自己卻一被捉弄就會滿臉通紅的難為情模樣，還有不管做什麼都顯得很開心的模樣……都再也看不到了。

當我滿懷這樣的絕望走出甲子園球場，看到的是……

一個人都沒有。

……當然會這樣啊。懷著淡淡的期待，希望一走出球場就會看到她等在那兒才是痴人說夢。這世上不可能有這麼好的事情。

這時候，牡丹一華應該正跑去找奪冠的桑佛高中隊員吧。

就不知道是在祝福他們還是激勵他們……算了，都不重要啦。

她是另一個少女，沒有和我們之間的回憶。

所以不管她怎麼做，都和我們無關。

……就這樣，不管是在甲子園奪冠還是要把借來的護身符還給她，什麼約定都沒能達成，我們的夏天就這麼宣告結束……

——入侵，大概成功。嘻嘻。

……我聽見了這句話。

是我在第一次見到那名少女時聽見的一句話。

是那個突然從樹上跳下來的少女說的話。

那慧黠的說話聲就是從我的正後方傳來……

「我真有一套，竟然這麼完美地溜進來。就說我上輩子一定是忍者——開玩笑的。」

妳在搞什麼鬼啊？乖乖在出口等不就好了？還特地溜進球場裡選手用的地方……不愧是自稱上輩子出身木葉隱村的忍者。

「真是的，這麼美麗的少女都好聲好氣拜託讓我進去一下就好，竟然還說不行，這年頭真是不好混……不過，我可不是會因為這點小挫折就氣餒的柔弱女子。既然正面突破行不通，我就來個斜面突破。」

斜面根本不是指方向。

真的是喔……跟那個時候說的話根本一字一句不差嘛。可是，真的是這樣嗎？

應該不會只是我的願望讓我聽到這樣的幻聽，轉身一看卻誰也看不到吧。

這麼一想，就怕得不敢轉身……我真是個沒出息的傢伙。

「看過來～～」

哈哈……這可傷腦筋了。被她這麼一說，不就只能乖乖照辦了嗎？

「……這、這樣妳滿意了嗎？」

轉過去一看，眼前有一名少女。髮型是把一部分及胸的長直髮用紫色髮飾在旁邊綁了個翹翹的小馬尾，雪白的肌膚透出幾分纖細的感覺。

身上穿的是以前蒲公英轉讓給她的西木蔦高中制服。因為蒲公英個子小，她穿起來尺寸不太合，明顯透出身體線條。

「嗯，非常滿意。」

這樣的少女朝我露出滿面笑容。

這個時候，其他隊員似乎才總算注意到說話聲，接連轉過來，瞪大了眼睛。

「我真嚇了一跳，因為我一醒來就已經到決賽了。」

這句話深深刺進我……不，是刺進我們心裡。想必本來在那一天……在公園談過話的那一天之後，她就這麼消失了。

這樣的少女，現在卻笑著對我們說話。

「有二就有三。我都說了兩次『再見』，結果又再見面了。」

「啊、啊、啊…………」

蒲公英發出顫抖的嗓音，但似乎是因為太震撼，她話都說不太出來。

她先吞了吞口水調整好喉嚨的狀態，然後再次直視這個人。

「Anemone 學妹～～～！」

接著比剛才流下更多眼淚，撲到眼前的少女——Anemone 懷裡。

「哇，蒲公英學姊。」

「我好想妳！我好想妳！好高興可以再見到妳！妳還好嗎？有沒有好好吃飯？唔哼～～！唔哼～～！」

「嗯，我過得很好。至於吃飯……就不是很確定了。」

「這、這怎麼可以！Anemone 學妹每天都只吃便利商店的御飯糰，這樣下去怎麼得了！咿！咿！」

蒲公英在 Anemone 懷裡不停地流淚。

我忽然看向周遭的隊員們，發現除了我以外，沒有一個人還忍得住眼淚。

就連剛打完比賽後沒哭的屈木學長和樋口學長都流下了眼淚，看著 Anemone。就只有我還勉強忍住。

我要忍住，一定要忍住……我是「小桑」。

我要當個照亮大家的太陽，這樣的傢伙哪能流眼淚……

「穴居，你跑得好快喔，一下子就猛衝到一壘。穴居帥氣成那樣，我想一定交得到很棒的女朋友。」

「奏、奏是搜啊。偶，吼帥氣……嘿、嘿嘿嘿……」

穴江，你別得意忘形了。哭成這樣的傢伙哪有可能帥氣？

「餅乾學長，恭喜你所有打席都打出安打，真不愧是球隊的台柱。餅乾學長上場就絕對會打出安打，讓我覺得是個好靠得住的隊長。V！」

「唔、嗯！那當然！畢竟我是隊長啊！哈哈哈！……V！」

哪怕流著眼淚，一貫的風格仍然沒有絲毫動搖，實實在在是球隊的台柱。

「棕熊學長不管什麼時候都很沉著，冷靜地正視比賽狀況，在守備和攻擊都好活躍。如果不是有棕熊學長當游擊手，我想一定會被打出安打。」

「我就說吧？畢竟我們還有很多地方靠不住，我可不能不振作點啊……」

樋口學長，如果想營造冷靜的形象，就請你別讓說話聲音發抖啊。

而且腳也愛發抖。我看學長才有點靠不住吧？

「芝喵是最棒的捕手，每一球你都牢牢接住，而且領導投手也做得很棒……喲！幕後英雄。」

「還、還好啦……畢竟我不能再『喔吼』了，所以盡力拚了。」

是啊，我的指叉球……起初你失敗得那麼誇張，在決賽卻一球也沒漏接，直到最後都把球接得穩穩的。

我真的很慶幸有芝在，以後也要請你多多關照啦……我的好搭檔。

「蒲公英學姊一直在板凳區拚命激勵大家，相信也是因為這樣，大家才能發揮超水準的實力吧。學姊非常可愛。」

「那……那當然啦！我可是太靠得住又可愛的超絕天使蒲公英！妳竟然連這都不知道！

真是的，以後妳可不知道會有多辛苦！身為學姊，今後也得好好教妳才行！唔、唔哼哼。唔哼哼哼……」

蒲公英為了不讓 Anemone 擔心，拚命擠出笑容。

……可是，不行。她的眼睛溢出的淚水停不下來。

「我也想請學姊教我，可是……對不起喔。今天真的就是最後一次了。天神似乎給了我一點點時間，我才能像這樣來見大家。」

啊啊……果然是這樣啊……

「大家真的都表現得好帥氣，桑佛高中觀眾席的人也都一直誇你們。多虧你們，我身為經理也非常驕傲。當然了，各位在我心中是遙遙領先的第一名。」

怎麼，原來天神還挺上道的嘛。

竟然還讓我們見到了本來應該已經見不到的人。

「謝謝你們大家……遵守了約定。」

真不知道這句話給了我們多大的救贖。

即使沒能在甲子園奪冠，只要成為第一名，約定就算達成。

Anemone 期待我們做到的事情不是拿下冠軍。

而是成為第一名……

「唔唔。不行啊……好像真的就快了。嘻、嘻嘻……」

Anemone的身體微微晃動。多半就如她本人所說，還能維持意識已經是一種奇蹟了。但她還是拚命擠出平常那種慧黠的表情給我看。

「那麼，最後是太陽同學。」

然後，終於……輪到我了。

「你為什麼不哭呢？」

「……啥？」

「我很清楚你在忍耐……可是，不用再忍了。」

喂，妳對我和對其他人說的話差得真多啊。享受特別待遇的感覺是不壞，但台詞本身糟透了。妳知不知道我有多拚命在忍著？

「妳應該有別的話要說吧？」

「沒有啊。你是我的王子，你帥氣、強大、厲害，都是當然的吧？我覺得誇獎這樣的人也沒有意義。」

「我是希望妳能體諒一下男人心，知道即使這樣還是想被誇獎。」

「不行。現在是Anemone的特別時間，Anemone的任性要求比任何事情都優先——所以呢，我想看到坦率的太陽同學。嘻嘻。」

這女的……直到最後都不客氣地直往我的心裡踏進來啊。

可是，我不打算答應妳的要求。我是「小桑」。

在大家面前不流淚。不能流眼淚。

「我是極力用最坦率的心情對待妳啊。」

「是啊……畢竟你跟大家在一起和跟我在一起的時候比，已經沒有多少差別了。你變成了比以前更耀眼的太陽。」

「…………！」

聽她這麼一說，我嚇了一跳……真沒出息啊。

明明是自己的改變，自己卻沒能發現……

也對……這話說得沒錯。

自從妳當經理以來，我儘管在當「小桑」，卻也漸漸會把真正的自己在大家面前表現出來了，而且還是無自覺地這麼做。

「可是，結果沒事吧？」

「是啊……的、的確沒事……」

誰也沒排斥我，大家都接受了我。

「所以，我認為最後還差一步，應該讓大家看到其實是個愛哭鬼的太陽同學。」

Anemone，妳要這樣用掉妳的最後一段時間？

為什麼要把有限的時間用在我這種人身上？

這是哪門子妳的任性要求比什麼都優先……明明就是以我為優先啊……

「來，哭吧。哭出來～～」
「「「「哭出來～～」」」」
不知不覺間，其他隊員也開始起鬨，就和我邀她去廟會那次一樣。
大家像多部輪唱似的，反覆喊出Anemone的話。難搞。
也不想想你們從剛剛就哭得一臉難看樣，講這什麼話？
「我、我哪可能哭！我想哭的時候會哭！現在不是那個時候！」
「不要說謊～～」
「「「「不要說謊～～」」」」
別這樣啦……Anemone，這可是妳的最後一段時間啊。
從甲子園開打以來一直見不到面，讓我好寂寞，又真的很擔心妳還在不在……我擔心得不得了，總算見到面……我有更想對妳說的話。
這次，我想好好說出自己的心意。我想緊緊抱住妳，再也不和妳分開。我想要妳抱緊我。
我明明這樣想……
「不用擔心，太陽同學。你的心意我都明白……順便告訴你，我的心意當然也一樣。」
「…………唔！」
這成了最後一擊。臉頰上有水流過的感覺。那是什麼呢？
想也知道。

「看吧，果然哭了。嘻嘻。」

她慧黠的表情充滿了達成壯舉的成就感。光是看著這樣的 Anemone，我溢出的眼淚就再也不知停歇為何物，無窮無盡，流個不停。

「嗚……嗚唔……妳、妳果然是我的……公主啊……」

「是啊。然後，你是我的王子。」

Anemone 的手輕輕摸著我的臉頰。我用力握住她的手。

「Anemone，不要消失……！哪都別去……！我會一直陪在妳身邊！不只我！大家也都一樣！妳還記得吧，我們說好要玩的傳接球不是還沒玩到嗎？我會找來一大群人，多得讓妳嚇一跳！還有，法國料理全餐我們也還沒吃吧！我會找出一家好吃得不得了的店，我們一起去吃吧！所以……！」

「啊哈，好熱烈的求愛……可是，對不起喔……我、我已經，不行了……」

「嗚……嗚唔……Anemone……Anemone～……」

「太陽同學……對不起……對不起喔……」

不知不覺間，Anemone 的臉頰也有眼淚流過。

她拚命用空著的左手擦去眼淚，但沒用。一滴滴落的眼淚就好像她的回憶。這麼一想，眼淚又從我的眼眶溢出……

不要再掉了。讓我們就這樣待下去吧……

「對了……那套體育服可以給我嗎？我、我想穿去一個地方。」

「妳、妳要穿去哪裡啦……？那麼鬆垮垮的體育服……」

「那還用說？」

Anemone 露出漂亮但彷彿隨時都會消逝的笑容直視著我。

她不改臉上的笑容，慢慢動著她那柔軟又溫柔的嘴脣說：

「穿去回憶裡啊……嘻嘻。」

這就是 Anemone 最後的一句話。

終章

「第二個」女生

暑假尾聲。我打完甲子園的比賽，已經從大阪回到西木蔦。

棒球隊的練習在第二學期開始前都會停止。

當然教練有吩咐我們要各自進行自主訓練，但這點就交由個人裁量。

屈木學長和樋口學長……三年級隊員都會就此退出，所以接下來我們得建立一個新的團隊，追求下一次的甲子園冠軍。

關於下一個隊長會由誰來當這個問題，我和芝都預測大概會是穴江。他雖然容易得意忘形，又有很多事都靠別人，但也因此是個很善於帶動別人的人。不是屈木學長那種身先士卒引領大家前進的隊長，而是讓大家帶著他前進的隊長。我覺得這樣也不壞。

——嗯，棒球隊的事就先說到這裡。

更重要的是，我今天和人約好了要見面。

約好見面的地方是從西木蔦高中大約要走十分鐘的公園。時間是上午十點三十分。

我已經養成習慣，忍不住帶了棒球手套出門，不由得苦笑。但等我發現時，人都已經上了電車，所以為時已晚。

「今天非常謝謝你來。」

一名少女在認出我的同時，朝我深深一鞠躬。她的髮型是及胸的長直髮，身穿七分袖白襯衫搭配膝下十公分的藍色裙子，格外雪白的肌膚透出符合她形象的纖細。她是……

「不，沒關係。反正我有空…………牡丹同學。」

桑佛高中棒球隊經理，牡丹一華。

昨天晚上突然有人打我的手機。這個號碼是以前大地同學告訴過我的號碼，所以我立刻猜到是誰。但我沒想到會接到她打來的電話，讓我嚇了一跳。

我接了電話，她就說：『我想見你一面，跟你談談。』所以我就答應了。

於是就成了現在的情形。

「之前我亂了方寸，對你那麼失禮，讓我非常過意不去。我深切反省。」

她指的大概是我們第一次見面的廟會那天的事吧。

「不，我沒放在心上，沒事的。」

「……太好了。」

她深深一鞠躬，臉上充滿了放下心中大石的平靜笑容。

真的……讓我深深體認到她徹頭徹尾是另一個人……

「甲子園的比賽，辛苦了。西木蔦高中……尤其大賀同學，真的好厲害。」

「謝謝妳的誇獎。」

西木蔦高中……妳可以好好把校名唸對啊……

「所以，找我有什麼事？」

「是。我有東西想交給大賀同學……還有一件重要的事要談……」

「哪一件要先？」

「這個嘛，我是打算聽你的意思……」

「隨妳高興。」

「……我明白了。」

糟糕，剛剛的態度不太妙啊。

或許是因為我剛才說得愛理不理，讓一華露出了有點沮喪的表情。

可是，這有什麼辦法呢？坦白說，她和我的關係非常難面對。

我們算是有過一些回憶，但都不是什麼好事，而且雖說她沒有任何不對，但我還是不免有疙瘩。

「那麼，我先把東西交給你。」

一華說完，就從單肩揹著的咖啡色包包裡拿出一個信封，朝我遞過來。

「這是什麼？」

「是信。這個……是 Anemone 同學要給你的。」

「這！咦？給、給我？」

「是。」

妳說 Anemone 寫了信給我？原來她還準備了這種東西喔！

「你想馬上看吧？請別在意我，儘管看。」
「可以嗎？可是，妳……」
「我重要的事情和 Anemone 同學給你的信，你想以哪一個為優先呢？」
「…………我明白了。那我就恭敬不如從命。」
「……好的，請……」
一華語氣平淡，讓我聯想起我認識的某個人，但不一樣啊。
她是不善於表達感情，但一華說話語氣會這樣則純粹是因為個性正經。
「呃……要一起看嗎？」
「不用了。這封信終究是 Anemone 和你之間的回憶吧？」
該怎麼說，她好正經啊……甚至有種太正經，不知變通的印象。
啊，現在不是想這些的時候了。
得趕快看看 Anemone 信上寫了什麼。
她到底要跟我說什麼……
『嗨，太陽同學，當你看到這封信，大概就表示我已經不在這世上了吧。公主先消失，可能會讓怕寂寞的王子很難受，但還請多多忍耐喔……啊，用敬語講也不太對勁啊。
那麼，接下來我就用正常語氣說話吧？
謝謝你今天來見我。

我作夢也沒想到在甲子園也能見到太陽同學，真的好高興。
所以我就想到要用我剩下的時間，寫這封信給你。』
看樣子這封信是Anemone在公園告訴我祕密的那天晚上寫的。
『至於這封信我是為了什麼而寫，其實我是為了對太陽同學做出幾個請求，以及為我說謊道歉，才會寫下這封信。』
幾個請求以及為說謊道歉？
Anemone這傢伙，還有事情瞞著我？
『首先，我就從請求說起…………希望你不要排斥一華。
我被家人還有學校的朋友排斥的時候，真的好難受。
多虧有太陽同學你們，我才調適過來，但還是覺得好難受。
所以，我不希望一華嘗到同樣的心情。』
最優先做的竟然是擔心一華喔？妳應該像平常那樣讓自己更任性啊。
『畢竟一華原本就因為我的關係，弄得很多事情都很複雜……要是連西木蔦的大家也排斥她，她一定會很寂寞。
尤其是被太陽同學排斥。』
是西木「蔦」。結果到最後還是一直弄錯我們學校的名字。
而且，我？為什麼說被我排斥會特別受傷……

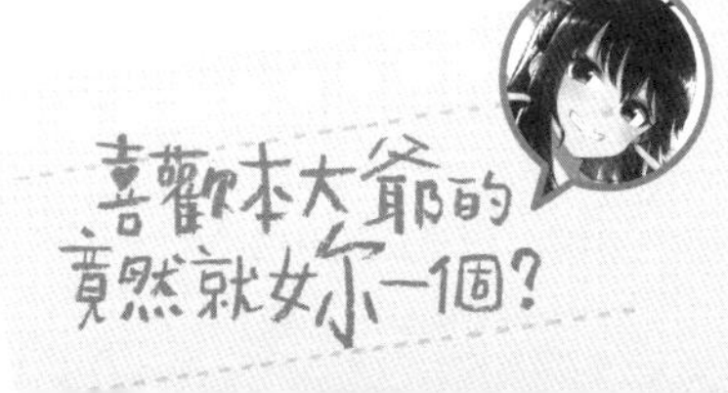

『那麼，相信太陽同學現在一定覺得「為什麼被我排斥會特別受傷」，所以我就來揭曉謎底，畢竟這同時也是我對你說了謊的部分。』

……好啦，那我就趕快繼續看下去。

『其實啊，我來到西木鷹高中不是巧合。

說什麼聽到很熱鬧的聲音，所以跑去參觀，簡直是漫天大謊。

我從一開始就是為了把這身體還給一華，才會去見你。

只不過在溜進去的同時就能見到你，這個結果就太巧了點。

搞不好是我溜進去時爬的成就樹為我實現了「請讓我見到太陽同學」的心願？』

啥？這話怎麼說？

『其實，本來去見你的人應該是一華，不是我。

而且是在很久很久以前……早在今年的春假。

那一天……發生車禍前，一華本來是要去參觀西木鷹高中棒球隊，為了見到在那兒練習的你。』

這！這是怎樣啦？啥？一華來見我……

「……？怎麼了嗎？」

「沒、沒有！什麼事都沒有！」

一華看到我震驚的眼神會歪過頭，大概就表示她不知道這封信的內容吧。正經是很好，不過為防萬一，妳好歹也該看一下信上到底寫了什麼吧……

『契機是去年西木鷹高中的各位打進的地區大賽決賽。

那一天，一華為了去偵察名校唐菖蒲高中，和哥哥一起去看你們的比賽。結果，就在那裡遇到了你。』

我和一華在去年地區大賽的決賽見過？呃，有過這種事嗎？

『進球場前，哥哥去上洗手間不在的時候，一個不認識的大叔找一華說話，讓她好為難。那個大叔似乎喘著粗氣，很嚇人。

然後那個時候救了她的人，就是你。』

啊～～這麼一說我才想起，的確有過這種事啊。發生的事情本身令人印象深刻，所以我記得很清楚。

為了保護當事人的名譽，我姑且還是描述一下事實，這個人不是什麼怪大叔…………是猩猩。

那天猩猩來幫我們加油，但到了球場就不免俗地迷路，弄得自己很慌。

所以他才會氣喘吁吁地找一華問路，事情就只是這樣。他似乎跑來跑去，沒能好好說話就是了……然後經過附近的我就把他帶走了。

對喔，那個時候猩猩找上的女生……哎，似乎就是一華，她顯得好害怕啊，全身不斷發抖，眼眶含淚環顧四周。

只是她好像怕得發不出聲音，可以清楚看出她只用視線拚命求救。當我趕到現場時，她就露出很開心的表情不斷向我道謝。

……所以，這件事我有印象，但她的長相我就不記得了……抱歉。

『一華她似乎覺得你正面臨決賽的緊要關頭，卻還願意幫助素昧平生的她，讓她非常感動。從那件事以後，儘管知道太陽同學是他們有可能在甲子園碰上的對手學校王牌球員，她還是對你產生了莫大的興趣。

一華她啊，在桑佛高中當棒球隊經理，所以對於外校選手當中需要提防的對手也都會仔細做筆記。

這些筆記就有太陽同學的名字。

而且寫的方法顯然很特別。其他選手頂多只寫一頁左右，就只有太陽同學有整整一本筆記本的分量。

不只球風，連有什麼樣的個性、興趣，喜歡的女生是什麼類型——這些她想知道的事，還有第一次見到你的去年地區大賽決賽的事情，都寫在裡面。

一華她啊，是爸爸和哥哥有夠溺愛的掌上明珠，所以第一次喜歡上別人而沖昏頭的模樣真的好明顯。』

Anemone……妳就算知道自己會消失，也不用幫她爆料到這種地步吧？要是一華知道這封信上寫了什麼，不知道事情會弄成怎樣。

不過，的確有些地方讓我看了之後恍然大悟。

我第一次見到 Anemone 時她給我的稱號，原來有這樣的理由啊……

『沒錯。所以，你從一開始就是我的王子……不對，不是這樣，是我們的王子啊。雖然你……跟我想像的不一樣，卻是個非常善良、纖細、愛哭又迷人的人。

謝謝你，太陽同學。你真的人如其名，是個太陽般的人。

所以，以後你也要照亮很多很多人喔。』

好……包在我身上。

『欸，我希望你能把一華也包含在這些人當中……啊，當然，這不包括「那種意思」。畢竟事情很複雜嘛。我最喜歡的太陽同學和一個是我卻又不是我的女生變成那種關係，實在有點……可是，如果你想要，那也沒關係喔。』

喂，妳若無其事摻進去的話會不會太驚人了？

這句話本來是我想說的啊。

『這終究只是請求，所以要怎麼做就由你自己決定喔。

那麼，如果你願意答應我的請求，不排斥一華，有個東西希望你幫我交給她。』

有東西要我交給她？這到底……呃，該不會是……

『把那個護身符交給一華。』

原來是這樣……Anemone 從那一天……從廟會那時候就做好了覺悟。

才會一直把護身符帶在身上，好作為有朝一日要交給一華的寶物？自己沒辦法交給她，所以透過我轉交……

『所以呢，Anemone 的信就寫到這裡。

……啊，我都忘了。最後，我還有一個請求。

我——

』

我看完整封信，折起信紙，收進口袋。

呃，有很多事情都太令我震撼，讓我不知該怎麼辦才好。

Anemone 這女的，我真的是從一開始到最後都被牽著鼻子走……

我著實跟一個不得了的女生扯上關係了啊。

「我看完了。不好意思，讓妳等這麼久。」

「你為什麼要道歉？是我要你這麼做的，你不需要道歉。」

她的口氣極為冷靜而正經。

有些事情還是不知道比較好，這句話實實在在就是指一華現在所處的這類情形。

「那麼，我信也看完了，差不多要……」

「我還有重要的事沒說耶。」

唔！呃，這我是知道了啦，可是我還需要一點時間來做各種心理準備……

「對喔。不好意思，我不小心忘記了。」

「這麼短的時間就忘記，你這個人真沒禮貌。」
「……是，對不起。」
「我不是要你道歉，就只是說出我的感想。」
「……是嗎？」
我對這種女生……很沒轍。
「那麼，關於我要說的重要的事…………咳。」
一華說到這裡，先清了清嗓子，同時臉頰染成橘紅……不，是滿臉通紅。
「如、如果你不介意，今、今後，可不可以……再跟我……見面呢……？」
是這樣啊……？
是比沒頭沒腦就被問到這種大事好啦，可是先知道卻也讓我不知道該怎麼回應。
「和、和牡丹同學？」
「啊，是、是的！那、那、那個啊……我給大賀同學添了很多麻煩，想說是不是需要表達歉意。應、應該需要吧！嗯！一定是！還有，剛才大賀同學叫我『牡丹同學』，但這樣容易和家兄混淆，會分不清是在指誰，所以如果你願意叫我『一華』就太好了！可、可是……如果是這樣，是不是我也應該用名字而不是姓氏來稱呼大賀同學呢？應、應該是吧！」
邏輯也太支離破碎了……剛才冷靜的態度到底跑哪去啦？
而且也太慌了，根本沒在看我，也還沒說完。

「你、你也知道，就是說啊！我的哥哥有點太黏妹妹，平常就不厭其煩地強調『除非是我肯定的對象，否則我不接受妳和任何人交往』！這、這點呢……太陽……同學……就不一樣，你在甲子園的決賽受到家兄肯定，所以不成問題！甚至可以說我除此以外沒有別的選擇，要說沒辦法也的確……不，說沒辦法就太失禮了！我沒有這個意思，請不要誤會！才不是沒辦法！我……我就是覺得你好！不是你我就不要！」

「啊～～……牡……咳，一華同學。」

「有、有！什麼事呢？」

我一開口，她就把腰桿挺得筆直，直視著我。

她的臉紅得像是隨時都會噴出火來，眼睛也被眼淚沾濕。

「呃……我整理一下，意思就是說，妳想再跟我見面，這樣對嗎？」

「……！……！」

一華拚命點頭。我想她應該是拚了命在回答。

看到她這模樣，我的感想是：「還挺可愛的嘛。」

她不是Anemone，完全是另一個人。即使外表一模一樣，要我立刻對這樣的她懷抱這類感情是不可能的。反而是……

『大賀同學，你大概不知道吧。你不知道當全世界你最重視的人明明模樣和聲音都沒變，卻變得像是另一個人時的那種絕望感。明明搶走了我最重視的人的一席之地，卻還一臉什麼都不懂的天真表情要我們愛她耶……真的是饒了我吧。』

反而是以前大地同學在旅館大廳對我說的這番話從我腦海中掠過。

原來如此。這就是大地同學，還有牡丹一華的父母與朋友嘗到的滋味……

而他們選擇的路是排斥她。不只是大地同學，牡丹一華的父母與朋友也全都選擇了排斥Anemone。

既然這樣，我選的路就是……

「我暫時會很忙。」

「……咦？」

「今年的夏天已經結束，但我是高中二年級生，我們學校的棒球隊會改組成新團隊，全力邁向下一屆甲子園。所以我沒空一一去見外校的人……而且，桑佛高中不也是這樣嗎？」

「就是說啊……你說得沒錯……」

一華的態度顯然轉為消沉。

「所以呢，我暫時會很忙，沒有空跟妳見面。」

「……我、我明白了。對不起，我不該提出這種給你添麻煩的提議……」

我話說在前面，就算妳這麼露骨地沮喪，我也不打算改變心意啊。

「那麼，我要回去了。」

一華轉過身，踩著沉重的腳步走遠。想來她應該是鼓足了勇氣才說出來的。可是，有什麼辦法呢？我暫時會很忙，這是真的。

所以……

「喂，妳等一下。」

「……咦？」

我叫住正要離開的一華。

「我只是『暫時』會很忙，不是『一直』。所以，等棒球隊的各種事情……像是交接、新團隊陣容的確立等等，這些事情忙完後……………………也不是沒空見面。」

「是、是真的嗎！」

一華睜大眼睛跑向我身邊。

她的模樣好好玩，讓我忍不住快要笑出來。

「騙妳的。」

「咦咦！」

「這句話是騙妳的。騙妳是騙妳的，所以是真的。」

「～～～！你好壞心眼。」

怨懟的視線投了過來。哦？妳也做得出這種表情啊？

「是啊。妳不知道嗎？我就是這種傢伙。」

不過其實這當中包含了報一箭之仇的意味就是了。畢竟直到今天，有個人要我耍得可厲害了，讓我忍不住想做這種事。

「我現在很清楚了，你是個有點壞心眼，非常體貼的人。」

「要高估我也麻煩有點分寸。」

我還是很不會應付她。她太老實了……

「還有，難得我們見了面，有件事我想請妳陪我。」

「陪、陪你……！是、是什麼事情呢？」

我特意不把一華的窘迫當一回事，打開自己的棒球球具袋。

然後從裡頭拿出兩副東西，把其中一副遞向一華。

那和不久前我曾借給某個少女的東西一樣……是棒球手套。

雖然是巧合，但我很慶幸有帶來。改不掉的習慣有時候還挺不壞的。

「我們來玩傳接球吧。」

「我跟你，是嗎？」

「就是我跟妳。」

「…………」

一華似乎不懂我的行動是什麼意思，微微皺起眉頭。

但過了一會兒……

「我明白了，我會全力以赴！」

她真的好正經。只不過玩個傳接球，卻說要全力以赴……

不過，Anemone 也是這樣啊……她不管什麼時候都全力以赴。

為了留下自己曾經存在的證明，橫衝直撞。

「啊啊，還有……」

「什麼事呢？」

我從口袋裡拿出一樣東西。

是以前 Anemone 借給我的她的寶物——保佑交通安全的護身符。

「我先把這個交給妳。」

「這、這是什麼？」

「是護身符。我希望妳帶在身上。」

「咦？咦咦！給、給我嗎！可以嗎！」

「當然。」

Anemone，這樣妳滿意了嗎？

最後的約定……雖然變成這樣的形式，但我會確實遵守。

「謝、謝謝你！我會珍惜的！真的會很珍惜！」

一華眼眶含淚，不斷鞠躬。

既然妳這麼高興，我想 Anemone 一定也很高興。

「也、也謝謝你的棒球手套！謝謝你特地為我準備……」

「……妳在說什麼啊？打棒球的人為了隨時因應手套壞掉的情形，都會帶兩副在身上，不就只是這樣嗎？妳當棒球隊的經理，卻不知道這種事嗎？」

「是我沒見識……對不起。」

就要妳別這麼正經地聽信了。我真的只是養成了改不掉的習慣，不由得放了兩副進去。

我們拉開距離，我從這段距離外看著一華。她以不漂亮的姿勢迫不及待地等著我的球飛去，這種模樣和 Anemone 大不相同。

這帶給我一種像是高興又像是悲傷的複雜情緒。

「那我要投了！吃我一球剛速球！」

我發出響徹整間公園的宏亮喊聲。

「隨、隨時放馬過來！」

我看著因為緊張導致姿勢生硬的一華，做出投球的準備動作。

真的已經再也見不到「妳」了啊……

真的已經只剩下「妳」了啊……

……可是，我還是不會排斥「妳」。

不是因為妳拜託我，是因為我不想做出那種選擇。

因為我想成為的「我」是個會照亮大家，一步步往前進的傢伙……

ポカ

「就來個……哼嘎吧啾。」

牡丹一華（Anemone）這名少女非常符合自由奔放這個形容。
她個性很不正經，動輒惡作劇捉弄別人。
成績始終是全校吊車尾。她本人似乎很努力，但就是對課業不拿手，努力得不到明顯的成果。
這樣的她在學校裡很不受歡迎。啊啊，各位可別誤會喔，她不是被討厭，是不受歡迎。無論學生還是老師，都把她當成燙手山芋，避著她。
想來她運氣也不好。她有個比較的對象，而那個人實在太優秀，因此說不上優秀的她就被大家避著……不，是無法讓大家接納。
她也試著交朋友，但全都白忙一場。不管做什麼事都不順利，只會讓關係更加惡化……總之她在交友關係方面很不得志。
其他私生活也一樣。
家庭成員有父親、母親，加上一個年紀差了一歲的哥哥。
嚴格的父親；正經八百的母親；有些胡鬧但一心一意投入棒球的哥哥。他們也排斥她。身為家人，他們提供了最基本的談話與食衣住的資源，除此之外的交流全都是假的。
那是一種扮家家酒假裝是一家人似的關係。

真要說她有什麼幸運的地方，大概也就只有因為和家人處在這樣的關係，讓她相對能夠自由行動。

一個人去各式各樣的地方，固然寂寞，卻也是種開心的經驗。

——就像這樣，由於受到環繞自身的外在環境排斥，讓這名少女的認同慾強了點，但仍過著從某種角度來看可說是自由奔放的人生……這就是牡丹一華（Anemone）。

牡丹一華（Anemone）不管什麼時候都很開朗，都在笑。

牡丹一華（Anemone）給了我們西木蔦高中棒球隊勇氣與活力。

我好想一直陪在失去一切的她身旁。

希望她陪在身邊，隨時發出「嘻嘻」兩聲露出慧黠的笑容。

但這個願望已經不可能實現。因為她消失了……

我說啊……Anemone，雖然妳也許已經聽不到，但那天我錯過機會沒能說出口的話，我現在就好好說給妳聽。

……我好喜歡妳。

後記

本故事純屬虛構，與實際人物或團體無關。

各位讀者，雖然現在說這個太晚了，還是跟大家說聲新年快樂。我是駱駝。

這次感覺如果用平常那種調調興奮地寫下後記會有點不妙，我就以比較鎮定的心情寫。

不知不覺間已經是二〇一八年三月。《喜歡本大爺的竟然就妳一個？》第一集上市是在二〇一六年二月，已經過了兩年又一個月。話說回來，這段劇情本身大約是在二〇一七年十月到十二月之間寫下的，所以就駱駝本身而言，到底年關過了沒也是有點含糊不清。不過這種時間上的感覺就不說了，在這邊稍稍補上一些有關劇情的說明吧。

《喜歡本大爺的竟然就妳一個？》的時序是配合上市年度，定在二〇一六年。

然後我查了之後嚇一跳的就是甲子園比賽的對戰組合。

根據我自己的想像，甲子園的比賽抽籤只有一次，然後就照淘汰賽表那樣一路打下去，但似乎不是這樣。

然而我收到了一個令我非常震驚的消息，說是各輪比賽結束後都會進行抽籤（另外二〇一七年後似乎又有了微妙的改變，但劇情中就以舞台設定的二〇一六年版來進行）。

起初我不知道這件事，大地同學與小桑在旅館的談話中就有「如果會碰上你們，應該就是在決賽了」這樣的內容，後來我把這些全都刪掉，改成比賽開始前的對話。如果因為我的調查不足而弄錯，先跟大家說聲抱歉。

萬一發生這種情形，就麻煩大家把後記開頭那句話套用到整本書的劇情。「每一輪都要抽籤的甲子園」在《喜歡本大爺的竟然就妳一個？》是存在的。這很重要。

本集劇情的補充說明就到這裡為止。

那麼請讓我說幾句謝辭。

購買第八集的各位讀者，在下一集第九集中真的會讓 Pansy 紮紮實實地出場……其他角色也會活躍……真的很對不起。

ブリキ老師，這次也謝謝您提供美妙的插畫。看著封面第一次有不同的人物登場，真的讓我有點感慨。

各位責任編輯，這次也承蒙各位給予各式各樣的建議，非常感謝各位。終於……終於「寫出登場人數和台詞都是男生比較多的愛情喜劇！」讓我產生了一點點成就感。

那個，我並不是因為這個目的才寫出這次的故事，純粹是巧合，還請從輕發落……

最後我打算留給大家一個訊息，結束這篇後記。

如果大家願意把第八集「看到最後」，就太令人欣慰了。完畢。

駱駝

『……啊，我都忘了。最後，我還有一個請求。
我第一次參加西木鷹的練習那天，不是有幾個人來跟你說話嗎？
其中有個女生是我之前在醫院就見過的。
她也和一華一樣，是車禍的受害者。雖然她只受了輕傷，但每天都來醫院看護另一個性命垂危的女生……所以，我們自然有了說話的機會。
我出院後就沒機會再見到她，但她就是我交到的第一個朋友。
要不是有她在，我也許早就被寂寞壓垮了，所以我非常感謝她。可以請你幫我傳話嗎？幫我跟她說：「我過得很開心，也請妳好好為了自己而活。」
看到她很有精神，過得很開心，我也放心了，不過為防萬一嘛。
對了，她的名字叫……………三色院菫子。麻煩你嘍。』

國家圖書館出版品預行編目資料

喜歡本大爺的竟然就妳一個? / 駱駝作 ; 邱鍾仁
譯 -- 初版 -- 臺北市 : 臺灣角川, 2019.06-
冊 ;　公分
譯自 : 俺を好きなのはお前だけかよ
ISBN 978-957-564-986-9(第5冊 : 平裝). --
ISBN 978-957-564-987-6(第6冊 : 平裝). --
ISBN 978-957-743-440-1(第7冊 : 平裝). --
ISBN 978-957-743-441-8(第8冊 : 平裝)

861.57　　108005631

Kadokawa
Fantastic
Novels

喜歡本大爺的竟然就妳一個？ 8

（原著名：俺を好きなのはお前だけかよ 8）

2019年12月18日　初版第1刷發行

作　　者：駱駝
插　　畫：ブリキ
日版設計：伸童舍
譯　　者：邱鍾仁

發 行 人：岩崎剛人
總 經 理：楊淑媄
資深總監：許嘉鴻
總 編 輯：蔡佩芬
編　　輯：孫千棻
美術設計：黃永漢
印　　務：李明修（主任）、張加恩（主任）、張凱棋

發 行 所：台灣角川股份有限公司
地　　址：105台北市光復北路11巷44號5樓
電　　話：（02）2747-2433
傳　　真：（02）2747-2558
網　　址：http://www.kadokawa.com.tw
劃撥帳戶：台灣角川股份有限公司
劃撥帳號：19487412
法律顧問：有澤法律事務所
製　　版：尚騰印刷事業有限公司
ＩＳＢＮ：978-957-743-441-8